# 平家物語　犬王之巻

古川日出男

RECREATION

**【犬王 INU-OU】**（生年不詳～卒於應永20年〔1413〕年5月9日）

南北朝至室町時期的能樂演員，能樂作者。與同時代的觀阿彌、世阿彌父子同樣受到三代將軍足利義滿的眷顧，傳聞犬王甚至還比觀阿彌與世阿彌兩人更加受寵。事實上，他對後進的世阿彌影響頗大。史上記述其臨死之際「紫雲昇起」。犬王似乎寫下了眾多名曲，但作品完全失傳。

# 目錄

導讀

# 琵琶聲響，走入《平家物語》的狹縫

高彩雯（本書譯者）

## 昔位極人臣，今海底波臣：盛極而衰的平家一門

《平家物語》和《源氏物語》並列日本古典物語文學巔峰，不過《平家物語》不像《源氏物語》一樣成於一人之手，《源氏物語》的主角是平安時代貴族，而被稱為古典軍紀物語的戰爭文學《平家物語》，其「成書」則是經過無數人長期編修整理的結果。

平家權傾一時的「盛」世象徵是平清盛，他和中國來往，利用海路累積鉅富，修築嚴島神社。平清盛權柄當世無匹，以武將之身位極太政大臣之位。當時朝中高官多為平家貴冑把持，一時盛傳「不是平家人，連人都不是」的說法。

在平清盛之女德子為高倉天皇誕下皇子不久，高倉天皇被逼退位，擁有平家血脈的小天皇三歲即位，平清盛架空了天皇權力，凌駕藤原等攝關家貴族，是以武家身分，往下開展了鎌倉幕府、室町幕府乃至江戶幕府，七百餘年武家政權的起點。

不過，在《平家物語》裡，從一之谷大戰大敗後一路向西逃，短短兩年，摧枯拉朽，平家陡然滅門。隔年，在壇之浦（今日山口縣下關附近）上演了悲壯無比的戲碼，最擅長海戰的平家，卻在海上輸給了騰躍自如的義經。窮途末路之際，平清盛之妻二位尼，腰間插著三神器之天叢雲劍，一手抱著勾玉，一手抱著安德天皇。天真無邪的小天皇，還問「尼要帶我去何方」，二位尼只能安慰小天皇「海波下亦有都城」，接著縱身躍入海底。將士女眷見情勢如此，紛紛跟著投水。皇權象徵的神器入海不返，引發了往後數十年皇位繼承的風波，所謂「一天兩帝南北京」的局面。

短短十數年，權勢傾天的家族，以最戲劇性的方式被殲滅殆盡，煙消雲散。《平家物語》開頭，試圖用佛教的無常思想和「盛極必衰」的普世態度，解釋這個家族的敗亡，寬慰戰爭中的血和淚，並在敘述他們的故事時，不吝對高貴的失敗者寄予無限同情。

祇園精舍之鐘聲，有諸行無常之響；
沙羅雙樹之花色，顯盛者必衰之理。
驕奢者不得永恆，彷彿春宵一夢；
跋扈者終遭夷滅，恰如風前微塵。（鄭清茂譯文）

收入中學課本的這一段文字，是日本人耳熟能詳的名文。而編入《平家物語》中的許多故事，也在能劇、淨琉璃、歌舞伎等演藝裡被一再改編。到了近代，因為大河劇等傳播方式的推波助瀾，成為膾炙人口的題材。平家紅旗和源氏的白旗，在日本人的認知裡，早就是不變的對戰色彩。

## 為亡者鎮魂：說故事的琵琶法師

琵琶法師，在十一世紀漢學家藤原明衡的《新猿樂記》中已有紀錄，和「咒師、侏儒舞、田樂、傀儡子……」等雜耍並列，是市井中的娛樂。他們也會在年節時分彈唱「千秋萬歲」賀詞，並在法會時誦唱「地神經」祈福，是下層的「宗教民」。平家滅亡之後，琵琶法師快速察覺了人們對平家故事的需求，不論是大眾娛樂、寺廟法會的餘興或是貴族之家召喚他們上門說故事，手持琵琶的盲僧「說平家故事」，既發揮宗教上的超渡功效，是賺錢行當，又滿足了人們窺探／

接近上層武家社會的欲望。

死亡，而且是短時間的大量死亡，以及身居高位者的不自然死亡，在怨靈信仰深植人心的平安時代，造成了人們的憂懼不安。《平家物語》第十二卷，以「地震」開頭，京都「山崩河埋，海傾陸沉，土裂水湧」，三十三間堂倒了十七間，大地震就發生在平家滅門三個半月後，平家「怨靈」作祟之說不脛而走。如何解釋災難的意義？如何對處災難世的來臨？

《徒然草》作者兼好法師，認為《平家物語》的誕生與比叡山延曆寺有關。位於京都東北鬼門的延曆寺，是鎮守都城最重要的寺院。四度任天台座主的慈鎮大師收留了博學多才的信濃前司行長，據說行長便是創作《平家物語》，教導盲僧說唱平家故事的人。

這位慈鎮大師，在後鳥羽上皇（安德天皇異母弟）的時代，因深恐多年來「滿天怨靈」未得救度，發心建設大懺法院，供養數十年來的亡者。其上請文如此寫著：「保元以後，亂世之今，怨靈滿於一天，亡靈遍在四海。然則未聞救濟德政……滿布怨靈亡者之國，依作善之回向，捨邪歸正……以佛神之冥助，轉禍為福，令得安穩泰平。」

保元，指的是保元之亂，事關後白河法皇與崇德天皇的爭權政變，崇德天皇因此被流放至隱岐島，抑鬱以終。平家從大興到絕滅，圍繞著多場戰爭，京都陷於兵燹、火災、饑饉中，又發生了毀滅性的大地震，而前有崇德天皇、後有安德天皇的不自然死亡，兩者都迅速被認證為「國家級」怨靈。慈鎮大師發願安定怨靈與民心，主辦大型超渡法事，並在行長的幫助下，初步編纂出《平家物語》。

像《平家物語　犬王之卷》故事中的友魚一般，琵琶法師以超凡的說故事能力超渡怨靈，滿足人們聽故事的慾望，學者兵藤裕己認為這樣的傳承延續到明治時期。小泉八雲的《怪談》裡有一則精彩的〈無耳芳一〉故事。芳一因善彈平曲（專門彈《平家物語》的曲子）被平家怨靈相中，夜夜請他上門（上墳）說平家故事。芳一如泣如訴的琵琶彈撥，讓怨靈為之感動，也為過於悽絕悲壯的一族故事落淚哀啼，幾乎進入了共鳴的重現體驗。為死靈彈奏的芳一，被數百年前逝去的平家貴族們賞識，差點被拉到彼岸世界……

## 統一的琵琶座，遙想曾經眾聲喧嘩

《平家物語》很早就成了當紅的流行曲／劇目，因涉及故事版本和演出利益，盲人集團中出現了藝能「座」（組織團體）的派別。不過，在室町幕府的足利義滿將軍一聲令下，京都的琵琶法師統合入覺一檢校的當道座，百花齊放的說唱版本，漸趨一統。統一了南北朝的大將軍足利義滿，只需要一種典範轉換期的武家興衰史。

這樣的歷史緣由，也催生了《平家物語　犬王之卷》這部夾在虛實之間的創作。「只有一個版本多無聊啊？」作者古川日出男這麼想：「在（琵琶法師受到統一管理的）前夕，琵琶法師與能樂師們該是多麼厲害的天才？透過想像來解答這個謎團的，就是……拙著《平家物語　犬王之卷》。」

參考資料：

古川日出男等：《作家と楽しむ古典　平家物語　能・狂言　說経節　義経千本桜》（東京：河出書房新社，2018）。
古川日出男譯：《平家物語》（東京：河出書房新社，2016）。
兵藤裕己：《琵琶法師─〈異界〉を語る人びと》（東京：岩波書店，2009）。
兵藤裕己：《王権と物語》（東京：岩波書店，2010）。

# 平家物語　犬王之卷

# 序　故事之章

那麼從引子開始。

所有的故事都有後續，像是續篇，像是異聞。為什麼會生出那樣的東西？

原因之一，或許可以這麼說，故事總是被說出來以後就消失，被說出來以後就消失，被閱讀以後就遭遺忘。

然而，若僅是如此，豈非純然的虛無？

因此後續翩然而至。

這裡還有一個原因。曾經親耳聽到或親眼讀過的故事，其實在聽眾的心裡，或者在讀者的身體裡，已經埋下了種子。這是因為人類這種生物，總是會發問的。「那是怎麼回事呢？後來怎麼了？」這就是埋下的種子自行發了芽。又或是，繁盛茂密了起來。於是誕生了續篇，異聞也被挖掘而出。

另外還有一種。正因其不為世間所知，於是有人希望他人能講述出來，是如此祈願的人們所召喚出的真正異聞。平家物語，乃是滿門覆滅的故事。不過，與此一門連結相附的人們，並非盡皆滅絕。這裡即存在著異聞，以及續篇的種子。

看啊，又是種子……

這樣的種子萌發之時，與此之前迥然不同的人物也隨之登場，包括了與過去的平家物語不相干的人們。但是，那些人理所當然地被創造於後續的故事本身裡。例如被滅亡的一門之盛名所操弄；抑或是，例如被那些明明應該已經滅亡的一族後裔們夢見。不，被他們夢見的夢所擺佈。

這裡也有那樣的人物。

有兩個人，都是藝能者。

一個是琵琶的演奏者，另一個是猿樂（能劇）舞臺的演員。前者的名字從友魚、友一到友有，三度更名，後者以犬王之名為後世所知。

那麼，我們進入正題。

# 一 海之章

某處有一孩子。說是孩子，他的年紀也已是十三、四歲了。男孩。本是大海的潛水者，在族人中——其一族正是海人之屬——他是最年輕的。都城來的傢伙向孩子搭了話。「我告訴你一個祕密，希望你去潛水」如此拜託他，也給了地圖。孩子跟父親一起潛入海裡。這片大海，因為可以抓到平家蟹而知名。在螃蟹的殼上，現出了人臉，是怒氣沖沖的表情，也是充滿怨懟的面容。也就是說，那是附身到螃蟹上的怨靈之臉。不過，生活在陸地的人們大概不知道，平家蟹在水裡的時候，幾乎不會對任何人表現出怨恨之貌。這是為何呢？因為牠用小小的四隻腳抓住單殼貝，蓋在蟹殼上面。就像把雙殼貝剝開的單邊貝殼整個掛在臉上，如同戴著能樂面具般。

也就是說，在大海內部的平家蟹，對來到大海內部的人們，毫不怨憎。

不怨怒，也不詛咒。

怨怒和詛咒，是從出了水面以後。

回頭說，孩子從都城來的人們那裡，拿到了地圖。孩子和父親。父子從水底撈起某項遺物。父子倆都知道，那已是一百五、六十年前、昔日戰爭的遺物。因為至今為止，已經撈上了各式各樣的遺物，裝飾著鍬形前立的頭盔或是鎧甲之類。在海面，在船上，都城來的傢伙，光看著都心癢難熬地等待著。

父子撈上來的是劍。

長二尺五、六寸。是父親拔劍出鞘。都城來的傢伙遠遠地保持距離，窺看父子的情況。還有人手上緊握念珠，小小聲地念咒。

霹靂一閃。出鞘的刀刃上，發出了閃光。

孩子的雙眼轉瞬即暗。闇黑。鼻孔噴血。一看就知道是咻咻地大噴血。父親發出慘叫。父親這邊啊，可不是一陣眩暈就了事，如同生命被吸盡。而且，孩子果然也不只是眩暈而已。那孩子，竟然直視了刀刃。例如刀尖的另一邊，他看到了那裡有節。凹凸不平的木節。後來才知道，那是凡人絕不可直視的寶劍。畢竟是事關皇位保證的物品。從都城來的傢伙們眾口同聲，叫著：「啊啊，神器。是神器啊！」

劍返回大海。像是自己從船上飛了出去一樣。孩子的父親立即死去。孩子眼前一黑，在黑暗中，還流著鼻血，不如說，他感覺全身血液在體內持續沸騰，孩子叫著：「啊啊，眼睛。我的眼睛！」之後才過了幾天，孩子如「失明」一詞所示，失去了視野的光明。

發生這事件的海，名曰壇之浦。

# 二　幻經之章

海為壇之浦，孩子所屬的一族稱為五百之族。孩子那時名為友魚。音為「一ㄛ」，若以文字表示則寫成「五百」，但本來指的是「魚」。五百一族，是宛如魚類的部族。不過這並非蔑稱，不如說是讚美。稱讚其出類拔萃的潛水能力。

為什麼五百之族會被都城的人們看上？

因為，都城之中，位居權力內側之**深處**、**深遠**、**深不可測**的人們，已經知曉了「壇之浦的傑出海人」之存在。五百之族，從元曆年間[1]之後的百年左右，也就是源平合戰後的百年之間，他們潛入壇之浦等地，將大戰的遺物獻給當時的掌權者。獻給了各個將軍、執權[2]、天子等人。其中，平家一門的遺寶，正是至高的貢品。不過，那些財寶並不能在海中無限撿取。能上貢的時期，一晃眼就過了。就算是這樣，五百一族，在這五、六十年間，搜羅和整理破損的甲冑之類糊口度日，平常就只是普通的漁夫。

至今為止連五百一族都沒能找到的寶劍地圖，而且是海中的寶劍，為什麼在都城來的傢伙手中呢？

因為他們從平家谷獲得了情報。說到平家谷，當然是平家隱遁之人的生活之處，是平家敗逃武士隱居的鄉間。位於全國各處偏僻的山陬海隅。然而，敗逃的武士中，曾經位居高位的人們（也就是公卿、殿上人[3]、以及一部分的諸大夫[4]），傳承了某部傳說中的經典，其名曰《龍畜經》，亦曰《龍軸經》。之所以成為傳說中的經典，是因為武家政權將據點設於鎌倉以後，此經典就佚失了。五畿七道的任何名剎之中俱不存此經。有人說，一開始就從《大藏經》的目錄中被刪除了。平家的某某人為了將《龍軸經》作為一門祕經，因此那麼做，有此見解。無論如何，《龍軸經》，或說是《龍軸經》的寫本，只存在於若干平家谷中。

雖然是平清盛的正室，那位二位尼[5]曾經持誦過的。

雖然是建禮門院[6]也持誦過的。

而持誦傳說之經典的平家隱遁後裔中，有數人不約而同都做了相同的夢。夢到海底神社寶物殿的靈夢。夢到寶物殿中藏有草薙劍，現在正收藏其中的啟示。所謂的海底就是壇之浦的水底，他們得到這樣的判斷，於是開始依照夢中的線索畫圖。

也就是，畫出消失的神器位於何方——壇之浦大戰之後，經過了一百五、六十年的歲月，神器位於何處——的圖。

可是，讓誰去潛水呢……？

如果只有一處平家谷，如果只有幾個人夢到這個靈夢，可以判斷這事大概沒有太高的可信度，然而事實上，有兩三處藏身之里的隱遁者顯露了祕經的靈驗性。確認這件事實的人，正是平家谷外部的傢伙，抱著極隱密的意圖訪問了平家谷，他們是所謂收集情報的傢伙。

然而，為何藏身之里的隱遁者——的子孫們，會讓外人進入呢？

其一，這些當地人是為了躲避鎌倉政權的追擊，而鎌倉政權已經滅亡了。其二，來訪者人數不多，且帶著盲人同行，平家谷的人因此放心了。被背著、或坐在小轎上的盲人們，是手上抱著琵琶的表演者，所以平家谷的人都抱持愉快的心情，「喔喔，這真是太難得了」如此說著迎接他們。

他們是行腳走遍全國的琵琶法師。

陪伴他們的大多是山中修行者。

不過，當然，他們不是單純的修行人。這些人是被將軍家雇用的。是鎌倉幕府滅亡後，被都城的足利將軍家所雇用的。



1元曆年間：西元一一八四至一一八五年，源平爭亂的時代。

2執權：鎌倉幕府時代的官職名。協助統轄政務，爲幕府的最高職位。

3殿上人：從五位的官員中，獲准上清涼殿謁見天皇者。

4諸大夫：日本官職名，又稱「地下人」。在平安朝，指四五位的官員中，殿上人以外的貴族。諸大夫讀爲「Sho-Da-I-Bu」，官位之「大夫」(Da-I-Bu或Ta-I-Hu)與藝能界之「大夫」(Ta-Yu)讀音不同。

5二位尼：平清盛的夫人時子（一一二六～一一八五），因位居二位，故又稱爲二位尼。

6建禮門院：平德子（一一五五～一二一四），平清盛與平時子之女，高倉天皇中宮，安德天皇之母。其於壇之浦大戰時跳海，被源氏軍撈起。後被遣送京都，出家後長居京都大原寂光寺。

# 三　宮廷之章

那麼說到這個時代，有兩個朝廷、兩處宮廷。宮廷也就是皇居。皇居有兩處，當然天皇就有兩位。為何會發生這種事情？首先，得提到鎌倉幕府的滅亡。接下來是足利尊氏的舉兵與京都的壓制。這位武將擁立光明天皇，後來，受光明天皇封為征夷大將軍，重建幕府。而且，並非在鎌倉，而是重建於京都。此武家政權，後世稱為「室町幕府」。

然而，為何光明天皇能即帝位呢？

是因為後醍醐天皇交出了象徵皇位的三種神器。

交出三種神器的後醍醐天皇，從京都逃到了大和國吉野。逃亡後，公開宣稱「交給光明天皇的神器是偽物」。亦即斷言「光明天皇非正統，正統乃在朕躬」。於是在吉野成立了朝廷。

要言之，有兩個朝廷、兩位天皇，而真正的三種神器，只在其中一處。如此，自不待言，位於都城的朝廷，期望「啊，若有三種神器，若有的話」，幾乎是迫切地祈求了。「然而——」他們也想到，「神器中的其中一件，是原稱為天叢雲劍的草薙劍，應該已沉沒於壇之浦的大海之中。那劍，不知下落如何。」也思考著，「其他兩樣，神璽與神鏡[1]平安無事，不過，神劍終究未能發現。」

若說到分裂前的朝廷如何應對缺失了草薙劍的窘境，一開始，供奉於皇居中天皇日間居所的寶劍，被拿來作代用品。然後決定從伊勢神宮的寶物殿選出新的草薙劍——這是在平家滅亡還不到二十年的時候，他們決定「這樣三種神器就齊備了」。成了「如此即可」的局面。

事已至此。

若只有一處朝廷的話，如此即可。

然而增加到兩個的話，情況可就不同了。「喔喔，若我們手上不是偽物，是真正的神器的話……如果我們有……」如此出現企求真品的勢力。已經來到這樣的時代。

即使如此，寶劍本身的意志又是另一回事。舊草薙那把劍自身，是否想再度現身於人世，又是另一回事了。神器應該對人類的諸多情況，絲毫不以為意吧！從一開始就是。

1神璽是八尺瓊勾玉，神鏡是八咫鏡，與草薙劍合稱爲「三神器」，分別象徵智(鏡)、仁(勾玉)、勇(劍)。

# 四　生之章

人。人。人。

好的，我們換個焦點繼續說下去。

某處有個孩子，孩子方才呱呱墜地，因此是一歲。是個男孩，但在還沒確定性別是男是女的時候，產婆發出了淒厲的慘叫，母親也發出了淒厲的慘叫。無法再看兩腿之間到底是何狀況。實在太醜怪了，只覺得這是被硬生生丟到這個世界的毀壞不全的身體。即使是毀壞得很徹底的五體，再怎麼說——至少是連在一起，被硬丟到了這個世界。當然是有臉，有四肢，也有腳底。但是，從頭到腳，都被詛咒了。其實母親早就預期到可能會生出被詛咒的孩子。畢竟下詛咒的當事人就是自己的丈夫，也就是孩子的父親，所以，母親多少有所覺悟。但，沒想到竟然醜怪至此。沒能想到是這般模樣。

所以無法直視。

連是不是有陰莖，也花了好一段時間才能確認。

到了總算多少能正視這個孩子的時候，孩子已經開始成長了。母親不情願地觀察。縮著身子，戰戰兢兢地去理解、去形容這到底是什麼樣的孩子。像是不該長出毛髮的地方，覆蓋著毛髮。像是左右齊備，而且應該左右對稱的器官，雖是長了一對，不過長偏了、長壞了。又像是應該長出指甲的地方，有像牙齒一樣白色的塊狀物。母親發出了「噫」的一聲，又發出了「嗚」的一聲。這樣的孩子也給取了名字，只是乳名而已，成人以後，自然會改名。不，那個孩子，就自稱犬王了。

所以，現在——從現在開始，已經決定那孩子的名字就是犬王了。

犬王，他的家族血統在近江國[1]，而他出生於京都。

1近江國：日本古代的令制國之一，近江國領地大約是現在的滋賀縣。

# 五　音之章

壇之浦的孩子怎麼樣了呢？五百一族的友魚臥床不醒。那孩子，友魚明白自己失去了兩個重要的東西。第一個當然是父親。橫死的父親不會再回來，這件事他很明白，因為母親在枕邊日夜不止地號泣。另一個失去的，當然是光。這件事他曾有所期待，母親也一樣，當他躺在床上的第二天，雖然暗淡模糊，但能矇矓地感覺到視野裡的明亮，友魚期待著：「能治好吧？視力能回復吧？」不過，比起他，不如說母親更對此抱著一線希望。她說：「你的眼睛，現在只是被霧蓋住了而已。是吧？很快就雨過天青了。」沒有放晴，過了幾天，友魚知道自己完全喪失了光明。

他小小聲地自言自語，這裡沒有光。

啊啊，這裡沒有光！

但是，有母親的聲音。還在哭，因為丈夫突然死了，孩子突然瞎了，哭也是理所當然。「從京城來的那些傢伙，說過那把劍是神器對吧？他們說過是神器吧？」母親跟孩子再三確認：「然後你摸了它，也看了它吧？不，從劍鞘拔出來，碰到劍的只有你父親而已吧？不，命令你們『拿在手上，看清楚，從海底撈起來』的，是從京城來到此地雇用你們的人。不管是父親還是你，都沒想到那竟然是草薙劍，你們完全沒有錯吧？啊！為什麼會出這種事啊！為什麼會這樣？」

哭聲響徹四周。

光明從眼中消失後，友魚的耳朵過度地清晰起來。越來、越來越清晰。「阿母！」友魚懇切地拜託。別那麼叫。阿母，耳朵，我的耳朵痛。

不是痛，友魚很快明白自己的耳朵發生了變化。從病床爬了起來，體力已迅速回復。雖然可以走路了，可是要朝著什麼走過去，卻還做不到。沒辦法，看不見。但是，聽聲音，依靠聲音做些什麼，這種技術他倒是馬上學會了。也能聽聲辨位，知道人在哪裡。鳥在叫，蟲子成群喧囂，草叢中發出聲響。而人聲，過度嘈雜，一旦進入耳廓內側，不會輕易消失。

母親說：「我們這一家，為何今時今日還被遠古以前的平家戰爭搞得這麼慘。今時，今日！確實我們的族人，列祖列宗世世代代在壇之浦的海底大肆搜刮。是報應，但是為什麼報應到你父親身上？又為什麼報應到兒子你的身上！光是我身邊兩個重要的人啊。光是報應到你們兩個身上！」

她說「兩個」，指的是丈夫的性命和愛兒的視力。

然後她接著說：「我想知道原因。我想知道、我想知道，我要去找出來！」

不斷地說著。而且嘴巴從不間斷。母親的聲音在前方，轉進了耳廓的深處，這麼一來，後面也聽到了。左右同時聽得到，最後，聽得到她餘音不斷「去找、去找、去找」的指示。所以友魚說：「好，去找吧。」他拜託：「阿母，幫我準備木杖。」堅固的木杖就可以了，能讓我走到京都的東西就好了。

「你要上京城嗎？」

「我會在諸國之間旅行，沿路走到京都。」

「你如果到了京都，」母親說：「聽好了，如果是要說明自己是五百一族時，你要說得清清楚楚。也就是，不單是友魚這樣卑賤的名號，你要自報名號是『五百友魚』。」

「知道了。」五百友魚回答，將木杖的前端牢牢地頂住大地，傾聽那個聲音。是「叩、叩」的聲音，也是「鏗、鏗、鏗」的聲音。這裡雖然沒有光，卻有這麼多的聲音。

# 六　靈之章

這是至今為止聽過的千百倍的聲音。友魚想著，持續行腳之旅。從長門[1]到周防[2]、安藝之國[3]。這麼一說，此處是嚴島的神社啊，一動念，側耳傾聽，果然，附近的人們都在談論參詣之事。說著從這裡開始參拜，要祈求些什麼，還是已經參拜過，發生過什麼了不起的庇蔭等種種閒談，或是用興奮的口吻說著海中大鳥居的不可思議。友魚想，然而這些都與自己無緣了。這麼說好了，看不到所以無緣了。可是參拜客們的聲音、聲音、聲音越來越捲進耳廓深處。那之後，發生了兩件謎樣的事件。其一，說起來，友魚認知到自己的聲音完全變了。雖然還不能掌握突然的失明帶來的衝擊與接下來的聽覺變化，友魚已迎來了變聲期。詢問他人事情的聲音，頗低沉。乞求他人的親切和布施的聲音，很渾厚。喔喔，太驚訝了，自己的聲音現在變成這樣了嗎？不只是聲音聽起來的感覺改變了。不光是至今的千百倍的聲音席捲而來——如同打到岸邊的大浪襲來一般。那聲音的其中之一，變成了這張嘴巴發出來的聲音。那也就是，要如何以人聲、音聲與這個世界產生關係的方式，已經改變了。這件事截然不同了。

然後是第二個謎樣的事件。

他聽到了呼喚的聲音：「友魚、友魚！」

深沉的聲音，而且是熟悉的聲音。到前陣子為止，還始終在一起的聲音。

友魚回應了：「阿爸、阿爸！」

「是啊，我是阿爸。」

「阿爸應該是死了。我確實看到你死了。我這雙眼，在還沒看不見的時候看見了。」

「是啊。所以我現在出現了。我現在能出現了，因為你看不到哪。」

「因為看不到才出現嗎？」

「我出現了。但不是什麼時候都能現身的。只有在你走投無路、身陷絕境的時候，我才能出來。也就是說，你已經快走投無路了，單腳踏進絕境了。嚴島神社，和你無緣嗎？」

「阿爸，你說什麼？」

「你以為嚴島神社和你無關嗎？」

「我剛剛是這麼想。」

「不過，將嚴島的神社帶領到今日這般香火鼎盛的，是平清盛喔。」

「是平家啊。」

「而且，嚴島的神明和海中魚類緣分很深喔。」

「就像我們的一族啊！五百之族。」

「你是五百友魚喔。」

「嗯、嗯、嗯。」

「那麼，你要更認真聽啊。如果是你的耳朵，應該能聽得到吧。有沒有人，在談論平家的事啊？是誰，在談論平家一門的殘黨啊？」

友魚輕輕地念著「殘黨、殘黨」。不久，平家谷這個詞，進到了他的耳裡。平家隱遁之人的藏身之里，平家谷。「在那個門前。」對方說著：「彈奏琵琶的座頭[4]法師，很厲害哪。歌詠著人們不知道的故事！說著祕聞般的故事！宛如潛入了某處平家谷，撿取了故事回來一般。哎呀！」

撿取——友魚忖度，就像是從海底撿取寶物一樣。潛入、撿取平家和源氏的寶物與戰爭的遺物。所以，簡直如同五百一族所行之事啊，嗯。

1長門：古代令制國之一，大約是現在山口縣西半部，明治維新前包括下關、萩、長門、美彌、山口市的一部分。

2周防：約爲現在山口縣東半部，明治維新前包括防府、周南、柳井、岩國、光市及山口的大部分等地。

3安藝之國：古代令制國之一，約爲現在廣島縣西部。

4座頭：原本演奏平曲的表演者稱爲「琵琶法師」，後來因表演者多爲盲人，鐮倉時代開始形成「當道座」的組織。組織集團化之後，出現四種位階：檢校、別當、勾當、座頭。

# 七　小鬼之章

出生在京都的孩子如何呢？醜怪的孩子，犬王命懸一線，總算是活了下來。不管生成何種異形之貌，都能吃、能喝、能呼吸。而大小便也無滯礙，也就是說能活下去。不過，雖是可以喝水，母親卻連一回都沒直接餵過奶，只是擠了奶，存在容器裡。讓他從容器裡舔，讓他自己吸。幾乎是養畜崽的養法了。不過，從一歲開始，就算到了兩歲，爬著、跪著，犬王吸吮著乳汁。舌頭嘖嘖作響地舔著，不斷不斷濺出來還是喝下去。努力想活下去。事實上，他也活過了幼兒時期。

接下來的時期，能站、能走路了以後，家人只對他說「那你待在外面，隨你想怎樣吧」，整天都被丟到外頭。不過，為了要遮掩他的奇形怪狀，做了該有的處置。首先，臉被覆上了面具；頭被披上了頭巾；手被戴上了手套。

就這樣，全身都被覆蓋住了。

當然，最顯眼的莫過於面具了。是什麼樣的面具？沒有表情的，沒在笑，既不陰鬱，也沒在瞪人。不是老夫，不是老婦，既不是年輕女人，也不是青年，亦非鬼神。只是，「無」的表情。順道一提，無表情以外的面具，犬王的父母、祖輩，擁有無數張，因為是演藝世家的緣故。

附近一帶的人們這麼說：

「猿樂家的孩子，從這麼小的時候就開始戴上面具了嗎？是被戴上面具的嗎？」

還有人問：「這是學藝嗎？」

還有：「是練習嗎？藝之道、藝之道啊。」

不過，兩、三歲孩童時的犬王，就連夏天也不脫下，連頭髮都遮了起來在街上遊玩，當然任誰看了都覺得詭異。雖然覺得詭異，但當他們叫住犬王時，回望的是「無」之面具。

# 八　面具之章

後世一般所知的「能」及「狂言」的演藝，起初統稱「猿樂」。能與狂言，是「猿樂之能」。這是因為猿樂還包括（被稱為）「能」以外的要素，譬如操弄偶戲的傀儡等等。時代再往上追溯的話，還有馬戲，還有魔術。

不過，漸漸地，說到「猿樂」，就是「猿樂之能」了。

這裡的「能」，一言以蔽之，是戲劇。

不過，並非所有的劇都會戴上面具。即使是猿樂，也不是全部的人都戴面具，主要是被稱作仕手[1]的主角戴面具——面具果然是特別的。

猿樂何時開始使用面具呢？還有，為什麼會演變為使用面具的戲劇？神聖的「翁舞」其源流始於席間的長老戴著老人面具，不過據聞這個翁之舞另有源流。面具從何而來？據聞來自「追儺」這個祛除惡鬼儀式。這原是宮中在除夕夜祓除惡鬼的儀式，又名討鬼。從宮中到神社寺院，後來普及到民間。不久，演變為節分[2]的儀式。

還只是宮廷儀式時，演出祛除疫鬼、也就是「儺」的是方相氏[3]這個角色，他戴著黃金的四眼面具。戴上面具，就變身了。有一副（面具）的話，就能扮演具有超能力的人，因為有這種認知，才會衍生出「神聖的舞蹈以及戲劇中，要戴面具」的想法，並且普及到表演上。

有趣的是，在追儺以及節分習俗的變化中，戴上假面具的方相氏本是疫鬼的敵對方，不知何時開始，方相氏被誤解成鬼，成為了惡鬼。

也就是面具上有力量，這既是善的力量，也容易轉為惡之力。可以反過來被解釋。

南北朝時期[4]武家政權以京都為據點，「猿樂之能」更戲劇化。為了更像戲劇，為了要更像戲劇，於是加上了台詞，變成了有故事的表演。

集「猿樂之能」大成，創造出今日人們熟知的「能」的，是世阿彌。

世阿彌不久後出生於大和猿樂一派結崎座[5]的家庭。

1 仕手：シテ（Shi-Te），能劇的主角，負責主要歌舞的角色。

2 節分：指各季節交替之時，即立春、立夏、立秋、立冬的前一天。

3 方相氏：傳說中驅疫辟邪的神祇。

4 南北朝時期：西元一三三一到一三九二年，日本的鎌倉時代到室町時代之間，在京都與吉野，兩位天皇分廷抗禮，南朝龜山天皇將三神器交給北朝後小松天皇，實現「南北御合體」，然而實權掌握在將軍足利義滿手中。

5 座：原意是組織團體。室町時代初期的藝能表演界，「座」指的是劇團。這些劇團原本是隨著法會舉行才臨時成立的組織團體，後來變成專門從事表演活動的劇團。

# 九　足之章



犬王出生於近江猿樂一派比叡座的家庭。生為劇團領袖之子，沒有人教過他任何演藝的行當，也沒有任何人要他練習。他就被放在屋外，戴著毫無表情的木雕面具，整張臉完全被覆蓋，任其自生自滅。

夏天，是很嚴酷的。

梅雨季也是。

暑氣返蒸的秋天也是。

犬王想要赤腳。犬王受不了襪子。想要解開下面的束縛，從下半身到腳掌，不，雙腿就算了，但迫切想要解放膝蓋以下的地方。全部被包覆，實在好悶，太悶了。太不舒服了，他「嗚嗚嗚嗚」地呻吟。

犬王有三、四位兄長。這些孩子從幼時就勤於練習，被認為其中之一總有一天會當上比叡座的大夫[1]。如果是長男、次男，在演出時也會被分派上孩子的角色。在京都，近江猿樂與出身及傳統——亦即演出風格完全不同——的大和猿樂大力較勁。大和猿樂有四個劇團，近江猿樂有上三座與下三座，比叡座乃是上三座之首。

這個時代，比叡座技壓其他劇團。

犬王父親身居棟梁的比叡座，人氣漸漸凌駕其他劇團，不論是近江或大和出身。在內容上，則早已超越其他劇團。

要說哪裡好嘛，題材極為新鮮。從平家一門滅亡的故事題材來說，聽者或不知典故出處，然而充滿了逸事。

想赤腳，殷切地想打赤腳的犬王，有一次偷窺了排練場。不知為何，但他興起了一股想法，跟著那麼做就行了。在還是三、四歲的幼兒犬王的身上湧現這種想法。幾乎還不能說是語言，但湧現了。就行了，就行，就是那樣。進不去練習場裡面，所以偷窺，觀察兄長們在做什麼。練習優美的舞步。啊，他想那是腳。這時他過於年幼而無法用確實的語言表達──真的無法訴諸言語，但犬王覺得這可是個好機會。練習場中，傳來了笛子的聲音，還有鼓聲。配合這些聲音，兄長們踏出腳步。其中一位兄長身著戲服。隔天有演出，所以著裝練習。那一類的華美裝束，從未給過犬王。犬王也沒試穿過。美，在與犬王懸隔甚遠之處。不如說，犬王被美隔絕了。被斥退到遠處了。兄長們踏腳，再踏腳，踏出了腳步。犬王模仿著。

在練習場外模仿著。

在確實的步行技術指導下，兄長們腳步的動作相當優雅。
沒有任何手把手的教學，犬王偷學步。
一邊像是要唱歌般地念著「腳、腳、光腳」。誦念著「那雙光腳」。
結果，某一天犬王的雙腳出現了變化。從膝蓋以下，即使脫掉襪子也無所謂的那種正常的腳，從左右兩邊誕生了。

1 大夫：能劇中最高等的演員，一般演出主角角色。

# 十　變亂之章

友魚花了兩年抵達都城。也許花了更長的時間，或者也許只花了一年。不過，無光之處亦無日月時辰。友魚只單純覺得「花的時間真久哪」。

但要說行腳不太容易，也不是這回事。首先，友魚現在有了師傅。因為跟著這位師傅到處念經，比起剛從壇之浦出發的時候，已經輕鬆多了。

所謂的師傅，是琵琶法師。坐船到嚴島時師傅在港邊，那裡也是神社參道。並不是馬上成為了法師的弟子，本來也完全沒有當人弟子的打算。不過，在無光的眼裡——在黑暗之中——發現了琵琶法師時，心驚膽跳。先是發現了彈奏琵琶的聲音，那說的是故事。接著，發現了旋律乘載的聲音，或者說發現了沒跟著旋律的赤裸裸的聲音，這是故事。從樂器傳出來的音樂、從口中說出來的聲音，都是故事，那被當作生意，是買賣的商品。

而且是平家的故事。

平清盛的故事、他的子子孫孫的故事、然後是源氏的、木曾義仲的故事、源義經的故事。

友魚在參道上聽故事，聽了幾天，又過了幾天。實際上是幾天呢，不知日月啊。除了友魚，因為聽眾日夜有別，演奏也配合聽眾進行，雖然應該有計算的方式，不過因為太陶醉就沒能計算。故事說到壇之浦大戰的時候，幾乎驚恐到站不起來。壇之浦啊，他很驚訝這就是壇之浦的故事啊。

那是第幾天的事呢，這一點雖然重覆說過了，但他實在無法確定。而且，這位琵琶法師並不是照著順序講全部故事，他也是從（自己以外的）聽眾的閒談裡才掌握到這件事。琵琶法師只說有名的場景，將聽眾期待的故事像是珠子一樣串起來。或是特意違背聽眾的期待，說出那種會讓人叨念著「喔喔！沒聽過的！」的新場面，珍奇的場面。平家的珍稀內幕、祕聞。

究竟，故事整體的量有多大？

這位琵琶法師總共揣著多少故事？

無法想像。不過，友魚領悟到也沒必要想像。接著聽下去就能找到。一定有想要找的，而且可以找到不得不去尋找的。找，去找，去找吧！

為了要繼續聽故事，就跟著師傅行腳。

「幹嘛啊，你這傢伙。」友魚被琵琶的主人抱怨：「尾隨盲人，你到底想怎樣？」

「沒想做什麼，給我故事吧。」友魚說。

「誰理你、誰理你、誰理你。」被這麼說了。

「我也是盲人。」友魚說。

被回答「誰理你」。

不斷被驅趕。但是友魚毫不擔心。友魚，一旦陷入困境，亡父應該會現身，因為沒聽到父親的聲音，很是安心，心想已經安全了。一定不會走投無路。果然如此。有一次，琵琶法師被叫去安藝國某富豪宅邸的宴席，在內庭表演，友魚站在庭外——在門外聽著，卻下起了驟雨。琵琶法師像被趕著似的，被帶到圍牆對面的小屋，還供了餐。好像是魚。烤魚煮魚都全了，雖然奢侈，不過準備的魚好像都有刺。「竟然是魚啊。」琵琶法師發出的聲音傳進了友魚耳裡。穿過雨聲進到了耳裡。「我啊，實在不太會吃魚哪。沒辦法完全把魚刺挑出來。真麻煩喏。」

那時友魚出聲了：「師傅，我能挑出來。即使眼睛瞎了，我還是能把魚刺都挑出來。就算眼睛看不到，是的，不管多細小的魚刺都能挑出來。」

「你說什麼？」

「關於魚的事情，我絕對沒問題。」

「你這麼說是想搶我的食物嗎？想騙我這個瞎子嗎？」

「我也是瞎子。我跟您說了好多次。」

「算了，不能處理的魚蝦跟被搶了沒兩樣。這就讓你試試看吧。喏。」

「謝謝。」

友魚完美地處理好魚肉了。

琵琶法師很佩服。「好吃、好吃。」邊大快朵頤，邊問：

「不過，剛才你叫我師傅哪？」

「啊，不是的——」

友魚說不出「那是因為你告訴了我很多故事」，他找不到一個比較好的說法。

「這樣啊、這樣啊。也就是說，唉呀、唉呀，你想當我的徒弟是嗎？」

「那個，欸，是的。正是如此。」

是這樣啊，友魚理解了。

是這樣嗎，友魚也驚訝了。

「這樣的話，你就直說就好了。只要說出來，喏，就沒事啦。」琵琶法師說。

就這樣，友魚被收為弟子。友魚在各方面照顧師傅。當然一開始先自報家門，說出自己乃是「五百友魚」時，被笑說連姓氏都好誇張，像是系出名門啊。於是兩人相偕出發開始行腳之旅。友魚背著師傅的琵琶。師傅高興極了，這樣太好了，很輕鬆啊。兩人拿著手杖，叩叩叩、喀喀、噹噹噹地用拐杖敲著。演奏琵琶是生意。所以這裡停一下，那裡也停一下，逗留在港邊。沒能快快地上京城。這期間，友魚問了師傅很多事。師傅您在哪裡得到故事呢？平家的故事也是收集來的嗎？回答是，我大多是學來的。不過，也收集過。友魚問，您去過平家谷嗎？結果師傅說，啊，這是祕密，不過我去過喔，像是山中的修行人還給了我錢。

「平家谷。喔喔平家谷！」他笑了。

「在那裡，您得到什麼跟神器有關的故事嗎？」

「神器。神器哪，啊，倒是沒有那麼神聖的故事。不過珍奇的逸事倒是不少。借用你的說法，收集到了不少喏。不過，潛入平家谷的琵琶法師不只我一個，其他人說不定有收集到跟神器相關的故事哪。」

「要在哪裡才能認識那些人呢？」

「簡單呀。去京都就行了。那裡有琵琶法師的團體。有幾個團體。我也有所屬的團體。回到京都的話，會有很多人脈可以問。」

不過回京都需要時間。一晃眼已經過了兩年，也許是三年，或許只經過一年的歲月。京城，陷於戰亂的漩渦中。當然爭鬥的是武士與武士，各附屬於兩個對立朝廷的某一方，而武士的軍隊中也有同伴互相競爭的，不過這時期南朝方面的氣勢復起。換句話說，是原來奠都吉野的朝廷（南朝據點其後數次輾轉遷移）軍隊。

京的都城，這段時期被南朝所奪下。

即使如此，一般庶民普通地過日子。

就是想活下去。

所以，演藝娛樂也一如往常受歡迎，人們需要也享受表演，歌舞和故事，都是好生意。

時局不穩，是從之前，更早之前就開始了。友魚一到都城，被介紹到師傅的表演團體，他在那裡明白了兩件事。一是，幾年前在京都的洛中發生了琵琶法師連續被殺害的詭異且悲慘之事件——太恐怖啦，恐怖啊。然後，還有一個。在連續慘案發生以前，琵琶法師的主要表演團體，京都有三個。

現在，只有兩個。

友魚完全習慣了自己變聲期過後的聲音。友魚當然想過，透過變化後的聲音，或者，透過其他的音聲，如何與這個世界發生關係呢。他持續思考。然而，也不到思考的程度。

其實沒有。

友魚進入有力的表演團體之一，開始琵琶法師的修業，學習活用自己的聲音、活用樂器的音聲。

# 十一　葫蘆之章

回到犬王。後來怎麼了？

露出腳也沒事，犬王開心極了。每次一確認左右兩隻腳都沒有奇形怪狀，就開心極了。面具還得像從前一樣戴著。另外，也得用頭巾遮住亂髮。還有，不能被看到皮膚的顏色（他的皮膚跟白、黃、黑等顏色都不一樣，但同時像是鹿、狼、鼬與貂的顏色），不能被看到異樣的乳牙。然而，不需要襪子了。必須蓋住手，可是腳不用遮住了。兩腳都不必。兩隻腳自由以後，都能活潑自在地動了。

為什麼雙腳脫離了醜惡的狀態而接近了美的形相？雖然緣由不明，但他知道過程為何。在練習場偷窺兄長們的練習，靜靜觀察，私下偷了過來。偷了舞蹈的、猿樂演技的技術。於是，醜變為美。若是如此，他直覺地想，應該會發生更多的轉換吧，但這直覺幾乎沒被化為語言，他繼續偷偷摸摸學三、四個兄長接受指導練舞的樣子。沒受任何人強迫，就只是繼續練習。但是不忘念誦，譬如他念著「膝蓋！」然後腳踝都能變得尋常的話，接下來是膝蓋，而且是雙膝。

膝蓋也變了。

犬王，現在已經飛奔出去了。赤腳，還露出兩邊的膝蓋，飛奔出門。不只爽快，簡直愉快至極。當然犬王一跑出門就遠遠地脫離了自家周邊的區域。附近鄰居看到他戴著猿樂面具也不會覺得奇怪，不過稍微跑遠可就不是那麼一回事了。才四、五歲孩子年紀的犬王也直覺到這一點。這是為了活下去的直覺，若置換成語言是這樣的：「那麼，我可以戴上別的面具。」別的面具，普通市井間會出現的，孩子們鬧著玩時會戴的東西。

有葫蘆。

挖出兩個眼睛的洞，他戴上了葫蘆面具。

「哇哈哈哈！啊哈哈哈！」他出聲大笑，像是愛玩的孩子。

跑起來、跑起來，跑遠一點。直直跑到了右京，到了朱雀大路的對面，往荒廢的京都西邊去。然而有人家，有一些人家，也有人聚集。他混進那些人裡玩。

譬如說跑到了舊的、據說是西市場遺址的露天市場玩。

某一天，在玩的時候葫蘆掉了下來。因為蹲下的勁道反彈，面具「咚」一聲掉下來了。犬王一抬起臉，旁邊的孩子們逃散了，大人也大叫了出來。太有趣。

# 十二　葫蘆之章

右京出現了妖怪的傳說甚囂塵上。民間傳說妖怪下半身是普通人，上半身是鬼，尤其頭部現鬼魅之形，形相極盡醜惡，見者無不嚇到屁滾尿流。但是，又說他也不做惡。又說，就只是嚇人，高聲笑鬧而已。又說，的確是妖怪。

妖怪的風聲，也傳到了友魚耳裡。

不過，對友魚來說，有更重要的風聲，不得不追查的流言。普通人為之恐懼驚惶的妖怪之類，友魚的耳朵毫不介意。本來嘛，如果是看到了會嚇到腿軟的怪物，瞎了眼的自己也無法見識，就算勉強想看，也看不到。沒辦法，如果真的是鬼，遇上了也許馬上會被生吞活剝。反正，友魚認為擔憂也無用。

友魚不得不追下去的風聲，關係到現在幾乎已經消失的琵琶法師團體。現在已廢棄的團體中，那裡，有許多潛入平家谷的人。

偷偷潛進平家谷的琵琶演奏藝人。

然而，大多在幾年前的慘案中被殺害，被奪取了生命。

因此，同業不得不推理了。直接和慘遭殺害有因果關係的，不就是因為他們進入了平家隱遁者的藏身之里嗎？所以，別的團體中應該也曾進過平家之谷的琵琶法師們都說謊了。「沒有喔，我沒有那種經驗。」拚命否認：「沒有、沒有的事。絕對沒去過！」

也就是說友魚找不到線索。

沒辦法得到作為線索的知己。

不過有傳聞。加上，友魚有好的耳朵。而且是，能辨識重要傳聞的耳朵——左和右，兩個都齊全。能收集巷弄間的雜音。例如，某個聲音說道：

「那個團體不是全部的人都被殺了吧。當然還有少數的人還活著啊。」

某個聲音，某張嘴巴。

譬如，某個聲音說：

「啊，大部分的人都逃到京城外了吧。不過，那團體的根據地，在嵯峨野東邊不是？」

某個聲音，某副舌頭。

譬如，某個聲音囁嚅道：

「那裡有一、兩個人，啊，不，是三個人嗎？倖存的琵琶法師們在每個新月的夜晚都會聚在一塊。」

某個聲音說，正是，某個低喃。

一邊想著，雖然對盲人來說無所謂新月滿月之分，友魚還是認為真是收集到了重要的流言了。

啊，不得不前去確認。

嵯峨野東邊有某寺，這裡是鎌倉在成為武家政權的根據地前，盛極一時之處，從前也是相當的名剎大寺，琵琶法師們那個「現在已經消滅的團體」，也跟此地有關。而因為當世的戰亂，這裡被燒毀，是武者們故意將此處燒為平地，寺僧們也悉數被殺。寺僧們對於是要支持哪一方勢力，是要附從將軍人馬，還是追隨將軍之弟足利直勢的軍隊，他們當時似乎誤判了情勢。

不過，將軍是誰、將軍之弟是誰，都與現在的友魚毫無關係。

雖然毫無關係，也朝著這裡前來了。目標是這間廢寺。

因此，穿過了西京，也離桂川很近。拿著手杖向前走。茂密的芒草原中，友魚走在偶有人跡的小徑上。

友魚邊聽著聲音邊走。

友魚一邊聽著聲音一邊移步。

突然，前方好像有七、八個孩子，而且他們發出了慘叫。

他們叫著「葫蘆出來了、葫蘆出來啦！」邊叫著邊從友魚旁邊跑走。

「咻」的，發出像是風的聲響，拚命跑著。

那聲音，全力的慘叫，加上「鬼啊！從芒草原裡出來啦！小鬼啊！」的聲音。

接下來在友魚耳廓深處響起的，是只擁有聲音的那人的聲音。父親的聲音。

「友魚、友魚。」很少出現的亡父叫了他的名字。

心裡一驚——那麼，鬼是真的很恐怖嗎？危險到阿爸出面示警嗎？我會被吃掉嗎？

——那，不快逃不行！

「不是、不是的，不是那樣。」那個聲音慌忙說：「不能那樣。別害怕，待在這裡，振作！然後被鬼嚇吧！」

「阿爸，這是什麼意思？」

「聽好了。等一下出現的不是妖怪。然後，聽好了，就算是妖怪，他也會幫你。」

有什麼東西飛了出來。在斜前方，芒草發出沙沙聲，有東西跳了出來。「啊哈哈哈！」他說：「我就是葫蘆喔！」又說：「我把葫蘆拿下來了！」友魚大驚嚇。聲音，像是在面具底下被悶住了，接下來突然變成穿透般的聲響。面具之類的東西被取了下來。

接著對方在等待，等人反應。

等友魚「哇」地大叫出聲，或是嚇到大小便失禁的反應。

啊哈哈哈哈，他一邊大笑，一邊等著。

從對方發出來的聲音，從聲音的高度來說——啊，這鬼很矮啊，友魚感覺到真的是個小鬼。

「不好意思——不過我完全沒被嚇到。」友魚說：「真的很抱歉，我看不見的。什麼都，看不見。」友魚說著，接著搖晃手杖前端給對方看。

笑聲戛然而止。

「那麼，」對方說了：「其實根本不需要葫蘆之類的東西吧？」

友魚說：「是啊，本來就不需要。」他直覺到，我似乎不用奔走到嵯峨野的東邊了。

# 十三　名之章

就這樣，兩人相遇了。

所以，之後雖然在講述其中一人的故事，但也等於同時敘述了關於友魚和犬王的故事。不過，目前的敘事焦點，大概都會集中在友魚或犬王其中一方。像現在這時候，就採用友魚（這一方的）視角。為何如此呢？因為順著友魚的故事，就能讓接下來犬王故事得以展開。不如這樣說好了，友魚的故事說明了犬王的故事，也伴隨了犬王的一生。

說回那位友魚，不久之後他改名了。

如果說，把表示出身的所在地地名當作琵琶演奏者的藝名的一部分，五百友魚應該是改名為壇之浦友魚吧？會用出身的壇之浦代替原來的姓氏吧？不過，他還不是能冠上姓來稱呼的身分。另一方面，很快地，他從所屬的團體得到了名字。那一個團體的演奏者，名字裡都加上了「一」字。上京兩、三年後，友魚改了名字，叫做「友一」。

因此，友魚的故事，在此之後，是友一的故事。

現在先聚焦於友一的故事。然後再不時加入犬王的。平順地。

那麼，來到友一的故事。

友一在街頭巷尾演唱，成了獨當一面的優秀琵琶法師，很快受到歡迎。得到「很會演奏嘛」的好評，還被稱讚「啊，真會講故事」。除了聲音以外，許多人也稱讚他挑的曲子很有趣。他只演奏跟平家有關的故事。有人評價友一完美地熟知平家故事。世間傳聞，他連外人不知道的掌故都知道了，友一被問到時：

「沒這回事。」

他這麼回答。

也就是說，友一在都城的中心、而且在表演團體中嶄露頭角。為什麼他能呢？友一只能說，全是因為和犬王的交友關係。而且是，深深的、深深的來往。友一毫不猶豫就能斷定，「那是瞎了眼的我獨一無二的朋友啊」。年齡差了一截，差了有十歲以上吧。不過，雙方是平等的。年少的犬王有種頑強，他認為對於不幸只要不在乎地一笑置之即可；不受眷顧，就把不夠的份搶過來。搶不到的時候就用牙齒緊咬，咬住，低吼就可以了。宛如野獸，友一從他身上也學到很多。不過，實際上，友一——身為琵琶演奏者的友一，學到的是平家的故事。

犬王告訴他非常多的平家故事。

是犬王，告訴了他大量的祕辛。

是的，是向犬王學來的。

「我的哥哥們啊，」犬王有一次這麼說明：「教了我很多，學到很多表演技法。我偷了那些東西，於是慢慢地滲透進來了，讓我的身體歡喜的東西，讓我舒服到毛骨悚然的東西，那就是平家的故事。」

「你身體是怎麼了？」友一問道。

「很可怕、很可怕的身體啦，哈哈哈！」他笑了。

「你，很醜嗎？」

「我哪，是不潔的啊。」

「真的嗎？」

「假的。」

「哪個啦。」

犬王想了又想，回答友一：「都是。」他回答的態度很真摯。「我的樣子非常恐怖，毫無疑問，全身都很恐怖。這也毫無疑問。不過也不能說我從出生到現在樣子都沒變啦。我現在八歲，或者九歲？搞不好年紀更大？譬如說我左手手臂內側很美。右手的手掌也真的很漂亮。嗯，臉還是不行。臉不行。我的鼻梁，是不是一個都還不確定呢。」

「怪臉嗎？」

「現在還戴著葫蘆面具，一摘下來，就會把人嚇壞哩。」

「好驚人啊。」

「因為太驚人了，誰都不來說話，不跟我說話。就算戴上葫蘆以外的面具，也沒人會接近，沒人接近我。這樣的我，就滔滔不絕地，一直說著話。」

「因為你說的故事，都太有趣啦。」

「是嗎？」

「嗯，是啊。」

友一想著，這裡可以收集到源平大戰的逸事。我可以潛入，到犬王的世界裡面。

大發現。

# 十四　當道之章

對了，關於琵琶法師的團體，這裡必須先說明一下。友一的故事，因為是琵琶法師的故事，所以有必要加以解說。由於需要演出（演出權），所以有專屬的組織團體（座），亦有流派差異。流派不同的話，擁有的「平家的故事」版本就不一樣。

但是，在此出現了集大成者。世阿彌如同降生般出現在猿樂（能）的世界。琵琶法師的藝名中，和友一同樣在名字後面加上「一」的，稱為「一名」。

一名之中，最廣為人知的人物當屬覺一。加上位階，一般稱其為覺一檢校。

這位覺一檢校，正是琵琶法師的組織——從南北朝時期後延續數百年間的組織團體——之集大成者。

他創建的組織稱為「當道座」。

那個團體之名為當道座。

然而，本來「當道」一詞，並非專指組織團體（座）之詞。直接看這兩字，指的是「此道」的意思。此道，此藝能之道。若放在琵琶法師的情況，就是專屬於他們擅長的「『平家的故事』演奏之道」。

而在京都，屬於這意義的當道成為一種生意，分立出數個流派，各自形成管理與分配的組織。在室町幕府開創的很久以前開始，幾十年前開始。

不過，友一上京那時期，實質上減少到剩下兩個團體。

好幾個團體到剩下兩個團體，有人想乾脆就整理成一個比較好。有人這麼想，有位盲人這麼想，是誰呢？就是覺一檢校。

當道座，最高位者為檢校，其下為勾當，再其下為座頭。如此賦予這套盲人藝能者專用的官職，透過管理，保護這個「職業」。說是保護，不言而喻，是因為有以權力守護的必要。

根據某個口耳相傳的說法，覺一檢校是足利尊氏的堂弟。結果，當道座被置於足利將軍家的管理下，產生了如此大型的團體。在那之前，覺一檢校整理了所謂平家的故事正本。也就是說，這才是正確的文本。

換句話說，可以忘掉其他文本了。

其他的逸事集都可以削除了——因為沒被收錄於正本中，所以無用。

各個組織在這樣的過程下被統一。被統一為當道座。「此道」之意的當道，就成為那個組織的名字。

不過，故事要說到那時候，還需若干年月。友一的故事，現在尚未到那時候。

# 十五　十年之章

為了要說到那時候，故事要再往前進。

在此宣告，經過了十年。

即使經過十年，離那個組織、當道座正本的成立還有四、五年的時間。這中間雖然還有時間，但在友一的故事中，已經產生了決定性的情況。何以致此？犬王。是犬王那邊有了動靜。

犬王說。

「友一，我站上舞台了。」犬王這樣說。

說得再詳細些，「我家比叡座的演出，我要負責一曲。」

犬王說。

「喔，那太厲害了。」

友一說。

「現在，我身上的不潔大部分都不見了。」犬王繼續說道：「不見到什麼程度呢？讓我為瞎了的友一說說看吧。我哪，如果戴上猿樂的正式面具，甚至會被讚美『啊，那演出者、那舞者、那歌者真賞心悅目哪』。」犬王接著說：「他們讚美著，說這個作品的主角好美麗。」

「太棒了、太棒啦。」

「我哪，已經開始把兄長們踢下來了。」

「太厲害啦！」

「不過，離真正的厲害，還差一步。或是兩步？三步？還不夠啊！」犬王接著說：「所以，我呢，聽清楚了啊友一，我要創作真正厲害的猿樂曲子。而且是用平家的故事創作。我啊，沒錯——」接著說：「我要——創作很多曲子。」

「猿樂之能」的戲劇，把一個作品稱為「一曲」或「一番」。因為本是歌舞（之劇），所以用曲來計算。而現在，犬王宣布要創作許多曲子。我要創作、產出無限的作品。

產出。

「友一。」

「什麼？」盲者的友一回應。

「那麼，你就……」開始接近極美的犬王說。

「什麼？」

「把我的事譜成琵琶曲吧。」

# 十六　靈之章

在此轉換焦點，插入一個故事。不過，很快會加進友一。

某處有一亡靈。原本是生活在壇之浦的活人，似乎被捲入某個陰謀突然死了。因為實在是過於意外的死亡，極為擔憂留在這個世界的家人，也想要持續觀察現世的狀況，加上兒子突然失明了，為了行腳四海而離家，因此亡靈決心不成佛以守護家人。因為在安藝之國發生了重要的事，亡靈發聲了，叫著「友魚、友魚」。眼睛失去光明無法見物的兒子，聽見了看不到的靈魂之聲。所以，他以

「阿爸、阿爸！」回應了。兒子，了解到要前往都城一事。兒子，了解到要去探求父親，也就是亡靈本身，為什麼非死不可。自己，也就是五百一族的友魚，為什麼非瞎眼不可的理由。身為亡靈，他想說，「友魚啊，那些事」；他想說，「我們一族如此長久以來，都被源平大戰那片大海裡的遺產餵養，這個嘛，大概是所有的代價吧」；他想說，「要達觀」。不過，兒子，也就是友魚，算是順從母親，也就是自己老婆的意思行動了，這他也是知道的，所以有機會給他建議，這裡、那裡地指引他。

不過，死後經過了十年，十年以上，不久就快到二十年了吧？到了這時節，有兩件重要的事，發生在這亡靈的身上——說是這麼說，亡靈並沒有活生生的「身體」。第一件是老婆也成為亡靈了。

「是你、是你！」亡靈旁邊發出了聲音。「喔喔，是妳、是妳嗎？妳也在這裡嗎？」他問道，但已經知道答案了。

「我難過到簡直要瘋了。友魚還上了京，很勇敢地說『那麼，我去找！』」

「有寫信嗎？」

「信的話，來了很多次。但他是瞎了眼的，所以請代筆寫信，不識字的我，就請別人讀給我聽。」

「高興嗎？」

「高興是高興，可是寂寞啊。」

「太寂寞才死的嗎？」

「是那樣吧。」

「好，妳成佛吧。」

「好，我就成佛吧。」

亡靈要老婆在極樂世界等著。接著，是第二件要事。一般來說，是亡靈主動化為聲音出現在兒子前面的，說是說「前面」，不過兒子看不到，所以實際上亡靈是在耳邊出現。不過，這十年，越來越難出來了。他叫「友魚、友魚」，但沒有回答。是因為改名了吧。他不得不叫「友一、友一！喂，友一喔！」，真是提不起勁。我的兒子是叫五百友魚，絕對不是五百友一唷。啊，該怎麼辦才好，該怎麼辦才好啦，煩惱的當頭，某天，他被叫出來了。是兒子這邊呼喚他的。

「阿爸、阿爸。」

一開始，沒回應。

「阿爸、阿爸！喏，出來一下，為了我，現在，現身到這個人世。」

「什麼事、什麼事？」果然回應了。

「那個，阿爸附近……」兒子，也就是友一問道。

「附近怎麼了嗎？」亡靈問道。

「有很多其他靈魂嗎？有嗎？」

「什麼嘛，是這回事啊。有很多哪，新靈常來。也有生靈，這種的是因為怨恨，所以出現在此世與彼世之狹縫。我也看得到。啊，然後，怨之入骨的當然有。拖拖拉拉地徘徊著哪。」

「那就是怨靈嗎？」

「怨恨的死靈，當然是怨靈啦。」

「沒增加嗎？」

「怎麼啦？怎麼啦？」不明白兒子問題的真意，他回問了。

「我來到京都，認識了琵琶法師，啊，也就是我和他們往來啊，我成了琵琶法師嘛，所以，阿爸看到的靈魂沒增加嗎？」

「你這麼一說，是啊，增加了。不過，戰亂之都多怨靈，也是理所當然吧。」

「不過，阿爸，說到琵琶法師的怨靈，那種的怎麼樣呢？琵琶法師的怨靈增加也是理所當然嗎？」

「友魚，怎麼啦、怎麼啦？」

「是友一啦。」

「是。友一，怎麼啦？」

「這麼多怨恨而死的琵琶法師，在京都也是理所當然嗎？」

「到底什麼意思？」

「阿爸，沒有嗎？」

「喔喔，有。有的。」

「不只十年，快要二十年了，是有那些行走於此世和彼世之狹縫迷惘的怨靈，有的，彈奏著琵琶的聲音，還有用來調音的簫和一節切[1]的聲音，說不定真的有吧。」

「喔喔，有吧、有吧。」

「是吧、是吧。」

「有喔、有喔。」
「哪裡最多？」
「喔喔，不就是猿樂的——比叡座的練習場嗎？」
「誰身邊最多？」
「喔喔、喔喔，是這……」
「是犬王身邊嗎？」
「是犬王身邊。竟然有那麼多。亡靈與亡靈之間，其實不常對話。如果不是本有夙緣，是完全不會對話的。啊，對了，友魚啊。啊不是，友一啊，你的阿母死了。」
「什麼！」
「不過成佛了。」
「那就好。」

「喔喔，這邊的琵琶法師怨靈們說『已經沒有這麼多了，現在算是變少了』，他們跟我說，『很多已經成佛了』。」

「果然，果然是這樣啊。」

「啊，是啊，友魚啊，啊不不，友一啊。你把我叫出來，是想知道這件事嗎？」

「我是想確認這件事。因為犬王而讓怨靈成佛，的確是有的，的確是有這些已經成佛的怨靈，原來如此，我是想好好確認這件事。」

「唔。」

「我想確定這件事。接下來，我要把犬王的半生，編進平家的故事裡——作為新的章節，加進我自己的當道之中。」

「那，是怎樣？那是什麼意思？啊，好難過啊，和那些非親非故的怨靈說話，啊啊，太耗費精力了。啊，痛苦極了。」

這是亡靈的無身之身中發生的第二件要事。亡靈，懷念起壇之浦。京都，離那片大海太遙遠。不清楚地表的距離究竟如何，但，事到如今，他想著，是啊，太遠了，太過遙遠了。該是成佛的時候了。

1　一節切：樂器名，尺八前身，據說使用一節分（十天）長出的竹子製作。

# 十七　琵琶之章

那麼，我們再回到友一的故事。

這個故事，進展快速。

盲眼的琵琶演奏者友一，進步顯著。在團體中，不但開始有了弟子，甚至也傳授技法與故事。不過，當然在市井的生意是最重要的。神社佛寺為了募集淨財上演「平家」故事時，他也屢次被起用。現在已經冠上標示出身的名字了，即是「壇之浦友一」。有時候也會只用壇之浦大人來稱呼。壇之浦大人要在那間神社的鳥居下表演喔，一出現這樣的風聲，人們會迅速聞風聚集。不論是在那間寺社的境內、或在那條大路小路的交叉口，都是一樣的情況。大家都聽到了。

大家都聽到了，竟然有這種平家故事啊。

大家都聽到了，竟然發生過這種平家故事啊。

大家都聽到了，也有新的平家故事喔，有喔。

觀眾知道是新曲，乃是這位琵琶法師壇之浦大人，壇之浦友一創造的新曲。而且不是從前從前早已結束的事情。甚至不是一百七、八十年前的傳聞，而是當今之世的逸話。僅僅二十年前吧？還是不滿二十年，只是十七、八年前發生的事？而且故事依然繼續著。畢竟主角是比叡座當家之子。那個大受歡迎的近江猿樂的，大夫之子。不，那位比叡座的當家，那位大夫前一陣子橫死了，現在犬王不是比叡座當家之子。是前任當家，故大夫之子。而且，已經要被推舉為大夫了。很接近大夫的地位。雖然有三、四位兄長，不過他們的技術和評價都遠遠不及犬王。

而且，為了讓犬王的評價水漲船高，其實友一的琵琶也助了一臂之力。

因為友一說了故事，告訴人們犬王是這麼活過來的喔。

因為琵琶法師壇之浦大人在前陣子發表的新作品上，探究了犬王如此出生、如此精進藝道，以及現在的如此這般，出現了這樣的故事。

他訴說著犬王的生涯，也就是現在發生的——更是日日進行式的人生。

「有那麼誇張的故事嗎？」有人說：「不要相信！」

「有這麼恐怖的故事嗎？」大部分的人這麼說：「噫，太可怕了。好有趣！相信吧！」

友一，在用琵琶表演犬王故事的時候，在心中這麼說——啊，阿爸喔，我的父親是阿爸真是太好了。雖然想發出聲音、想宣之於口，不過，會回應他的亡父，連聲音都消失了。亡父之靈，永久地消失了，這大概等於預示「你不會走投無路了」。他留下了最後的，最後的靈言。不過不可思議啊——友一想著。亡靈雖然有建議的能力，能對他說「那麼，去嚴島吧」或是「去見見只有上半身是鬼的妖怪」，不過亡父並不能看透全部事態的發展。並不能。亡靈能看出一些事，也有一些看不透的事，就算能指出此處或彼處有平家之人，卻幾乎無法解釋其因果。

這就是所謂的亡者嗎？

太奇怪，太不可思議。

不過——不管如何，友一認為他是很好的阿爸。相對地，所謂的殘酷的父親，他想，無疑就是犬王的父親了——可以犧牲掉兒子的父親。

成為知名壇之浦大人的友一，演奏著犬王的故事。被要求（那也是應聽眾熱情要求）用琵琶說故事。也就是說，友一的故事，在此成為犬王的故事。喔喔，成為了。友一思考，如果這曲子能用口述筆記整理的話，而且如果大家能漸漸理解這是「平家的故事」，記錄下來，整理出幾章的話，就可以收進一卷吧。能收進一卷吧。

其名為《犬王之卷》吧。

那麼，在這裡，犬王是如何出生的？壇之浦大人也就是友一的，壇之浦友一的琵琶，是如何講述的呢？

如何開始說這個故事呢？

# 十八　術之章

故事如此開始。

「曾有父母」，開始說了，「曾有父母，曾有父親。喔喔，無論何人皆有父母，怎麼了，當然有母親、有父親。父親！這位父親，希求能位極巔峰。不不，不是那種叛臣謀反之事。不是懷抱背叛天子威光，意圖覆滅朝廷之野心。這父親，決非平將門[1]或藤原純友[2]、源義親[3]、藤原信賴[4]，更遠非特異中的特異如平清盛[5]之類，畢竟出身不同。他的出身，完全沒有平氏啦、藤氏啦或源氏這些高貴氏族的印記。不僅沒有高貴的血緣，還僅僅是個藝能者。不過，所謂藝之道乃是美之道，這位父親，祈願再祈願，望能窮究美之巔峰。

說來是卑賤者的懇切心願。

這個父親，生於近江猿樂的比叡座，服務著日吉山王神社。在這個地方寺社的祭禮，是由各劇團來演出。同樣為祭典儀式服務的劇團，連同比叡座，共有三個，為比叡座、山階座、下坂座[6]。此為近江猿樂之上三座。下三座則為以多賀之社為主要服務對象的敏滿寺座、大森座及酒人座[7]。這時期，上三座也活躍於京都。另一方面，畿內[8]諸國雖也有猿樂的劇團，但競爭的對象並非只是江洲[9]的山階與下阪兩座。其中的強敵為大和四座，即是在春日大社與多武峰這一帶[10]擔任演出的結崎座、外山座、坂戸座、円滿井座。喔喔，結崎座在當今之世成為觀世座。其大夫，觀阿彌因高超的藝術表現受人矚目，在登場後他將座名改為觀世。

正是競爭激烈的時代。若能窮究藝術之巔，能獲得的回報也很巨大。畢竟猿樂，『猿樂之能』無疑是巷井之間說唱的技藝。在此若能出人頭地，即使是身分卑賤的表演者，也可攀升至難得一見的高度地位。這是打從心底的期待。於是這打從心底的渴望，讓人使出絕不該用的招數。靈驗之術，不，說是異術好了。畢竟乃由異國傳來。

這也與猿樂之藝有關。現今猿樂乃是戲劇之一種，也就是『猿樂之能』。不過，從前如何呢？從前包括了傀儡戲，操作傀儡人偶跳舞。包括了扯鈴和空中拋接球等雜耍。而且也包括了手把戲等魔術。從前，猿樂稱為散樂，更以前，散樂稱為百戲。這是由來自中國的，唐土傳來之物。

百戲，正如字面所示，是高達百種的多種技藝。然而百戲變為散樂，散樂變為猿樂，到了今日，猿樂中只有『猿樂之能』受到喜愛，所以百種幾乎消失了，或是被其他的演藝種類取代。幾乎所有的馬戲表演都如此，所有的幻術大多都消失了。然而並非全部消失。原先有一兩種被認為『失傳太可惜了。不，暴露於人間也太可惜了』，從異國傳來後隨即被禁止，祕密相傳，直到當代。這才是真正的妖術。

只要跟惡魔交易，即可輕鬆將技藝推至極致的，那種妖術。」

1平將門（九〇三—九四〇）：平安時代中期關東豪族，於上總國舉兵叛變，自稱新皇，後爲藤原秀鄉等討伐。

2藤原純友（八九三—九四一）：平安時代的貴族，原本受命在西國（瀨戶內海一帶）討伐海盜，後來卻率領海盜反叛朝廷，與大約同時的關東地方的「平將門之亂」合稱爲「承平天慶之亂」。

3源藝親（?—一一〇八）：平安後期武將，源義家次子，河內源氏第三代領袖。任九州對馬國守時，橫行略奪，被稱爲「惡對馬守」，殺害官吏，不服朝廷流放隱岐國之令，赴出雲，殺害守官，後來被征伐。

4 藤原信賴（一一三三－一一六〇）：平安時代初期的公卿，發動政變，突襲後白河法皇之三条殿，史稱「平治之亂」。後爲平清盛平定，奠定了平家的武家勢力。

5 平清盛（一一一八－一一八一）：《平家物語》主角，平家一門榮華頂端的象徵，以武家身分位極人臣的代表人物。這一段列舉平將門到平清盛等朝廷之敵，與《平家物語》卷首「祇園精舍」篇完全一致。

6 比叡座在今滋賀縣大津市坂本附近，山階座與下坂座在今滋賀縣長濱市。

7 敏滿寺座在今滋賀県犬上郡多賀町、大森座在今滋賀縣東近江市蒲生町，酒人座爲今滋賀縣甲賀郡水口町。

8 近畿的五個律令國，包括山城、大和、河內、和泉、攝津國，約爲今日的關西地區。

9 江洲：近江國的別名。

10 奈良縣櫻井市南部地區，這一帶有許多寺院。

# 十九　生之章

術。

「剛才說到『祕密相傳，直到當代』的技藝，不過現在沒有了。我說了有一、兩種，但即使本來有兩種，也已全部失傳了。畢竟生於近江猿樂比叡座的那個男人，用了『終極』的絕招。『在這個時代，談什麼繼承之類的啊，斷絕也就算了。為了我自己，要用上最強的惡魔，就是最強的、最厲害的效果。如果有這樣的招數可以為了個人的技藝，有這樣的招數可以為了劇團的繁榮，那就一起實現，只要、只要，讓身為比叡座大夫的我，得以與比叡座共同達致此生榮華！』

如此一來，應和之物回應了。

『想要華麗的才能？』

被問到才能，男人興奮了。

『喔喔，想要啊，我想。我願窮究技藝。』他說。

『想要窮究技藝？』被問到。

『想要窮究。』

『想窮究美嗎？』被問到。

『願窮究美。』

『需要很多犧牲喔。』

『我給，我都給。』

『那我問你，你追求的技藝之道，指的是今世的流行嗎？』

『別說今世風潮了，元曆年間平家在壇之浦滅亡以來，人們爭相傳述的淨是平家故事。歌舞也是，戲劇當然也如此。』

『戲劇多嗎？』

『還不多。』

『想要是嗎？』

『想。』

『不過不是想要題材吧？是想要能激起人們興趣的奇聞逸事？』

『啊，想，想要。』

『那麼我問你，現在這個時代，最嫻熟平家故事的是誰？』

『那就是座頭了。是琵琶法師。』

『有幾個人？』

『有十個人喔。不只，有近百個，或是兩百個。對了，現在洛中最多能找到兩百人。琵琶法師的表演團體，有名的地方就有三個。』

『哪個表演團體最熟知平家的祕聞？』

『現在的話，是那個團體吧。』

『那個團體，有幾十名座頭嗎？』

『啊，有的。』

『我想要他們的性命。你去各個擊破。那個團體，你讓他們消滅吧。』

『喔喔、喔喔。』

『那就快辦吧。快點從平家的故事裡借來力量吧。這樣的犧牲到底夠不夠，等我吃光抹淨後，我會再告訴你。』

這是誓約，是交涉。而這個男人，不管如何，他想窮究頂點的願望是真的。因此他毫不迷惘，就是殺。殺人。連續殺死琵琶法師。畢竟那時比起今世，是完全的亂世。就像目前分據兩處的朝廷，就像武者們思索著是否要投靠那邊時又馬上依附了這邊，將軍麾下也不是團結一致。內亂時起，甚至是全國規模的混戰。因為是那種時候，是那種混亂時刻的京城之內，殺人時也能做很多小動作。能做得讓人以為『喔喔，是武者的爭鬥哪，被捲入那種麻煩了』。因為能巧妙處理，就殺了，殺了！不過，在當事者的盲人之間，流言已經傳開了。盲人們嚇壞了。只有所謂的『平家座頭』，會被奪去性命啊，而且，被當作目標的只有那一個團體。恐怖、恐怖！

陷入如此恐怖的深淵，男人殺了人。啊，殺了，越殺越多。

『怎麼樣，我獻上了如此眾多的犧牲？』

他對惡魔說。

於是，得到回應：『做得還不錯啊。』

男人很高興。

『這樣是否滿足？』

『啊，再一個就夠了。』

『還要再一個？』

『小小一個。』

『小小的？』

『你妻子懷孕了吧？』被問到。

確實，男人的妻子有孕了。而且妻子知道丈夫，也就是男人的心願。知道，他想立足於藝能世界的頂端，女人自身也明白，她想要那樣絕頂的丈夫。

男人回答：『是的，馬上要臨盆了。』

『你說想要窮究美。那麼，給我那個孩子。』

『你想要他死產嗎？還是要流產？』

『不，不是。我要孩子出生前那無瑕的美。毫無不潔的全部。給我那個。和你想要窮究的事物交換，把孩子拿來獻祭。如何？可以嗎？你能如我所言詛咒即將出世的自己的孩子嗎？將他作為詛咒的對象，而因為詛咒的主體是你，就算看著這個被詛咒的結果，你能不斷送他的生命嗎？當被詛咒之子來到人世時，你可以不把他勒死嗎？』

『喔、喔，我行哪。』

『你行是嗎？』

『這是當然。』

啊，有這樣的父親，這裡有這種恐怖的父親啊，應惡魔的要求，毫不猶豫地詛咒了尚未出世的兒子，有這樣的父親。是父親！於是產期到來，慌慌張張叫產婆的當天來了。當月的當日。母親是因為陣痛而哭泣。那連續『啊啊』的喘息聲之後，是不斷『嗚嗚』的呻吟聲。不過，到那時為止，過程都還尋常。有違人間常理的是接下來發生的事。分娩，接著產婆發出慘叫。母親也發出了慘叫。連母親也！總算生出來的孩子，喔喔，全身好像都被什麼給毀掉了。喔喔、喔喔，他所有的一切都纏繞著醜惡污穢。喔喔、喔喔、喔喔，被詛咒的嬰兒誕生了。

那就是犬王。」

# 二十　面具之章

「不潔纏身，渾身不潔的孩子，犬王。從一歲起，就不得不被嫌棄『這傢伙真是醜怪』的孩子，是犬王。是男孩。有臉，有手腳，也確實有腳底。不過，肢體的部位，喔喔，無一處不受詛咒。畢竟連母親，都不能正面直視，無法正面直視。這麼醜！父親一開始為了確認只瞥了一眼，接著竊笑，已經不放在眼裡了。這麼無情！然而不殺掉。不用繩子勒死他、斷送他的生命。因為說好了『不殺』，所以不殺。

犬王，可以活下來。

不管生成如何奇特怪異的容貌，他能吃東西，如果不給吃食讓他餓死，就算違反約定，所以只要他想吃，就給他吃。他能放到嘴裡的東西就給他吃。犬王，活了，喔喔，活了下來！犬王，會爬了，一點一點慢慢地在地板上爬，喔喔在地面爬，喔喔、喔喔，站起來了！沒跌倒，他站起來了，啊不，跌了好幾次也站起來了，之後，走路了。剛開始搖搖晃晃跌跌撞撞，不過會走了。馬上就能走二、三十步，啊啊，可以走個一百步也不停，能走了。不過，就算能走路了，也沒有人為他加油喝采。也沒人讚美『長得真好哇，真是個好孩子哇』。沒有任何人看顧犬王，而且他們還覺得這孩子被人看到就麻煩了。差不多要丟到外頭了，實際上他們決定白天就把他丟在外頭自生自滅，有來歷的近江猿樂劇團，在洛內的根據地，也就是練習場兼住宅的家裡，萬一傳出『發生怪異，出現妖怪』的謠言可就糟了。那時，他們採用了一個做法。面具。木雕的面具，讓犬王戴著它。

讓他戴著，把他丟到外頭。

當然，其他還有頭巾、襪套。其他、其他。不過無表情的面具反而吸引了人們的視線，哎呀哎哎，讓人奇怪那是什麼呢。這麼小就讓他戴面具嗎？是為了練習嗎？人們議論著這也太嚴格了吧。

不過，無表情的，無之面具過於詭異，很快地就沒人注意了。認真為他擔憂，會說些什麼的街坊鄰居，心想著那個啊，就是那麼一回事啦，這一來，大家都平靜下來了。

另一方面，犬王，透過面具觀察街巷。

透過面具的，兩個眼睛的洞。

透過那個，看出去的風景不一樣了。和不戴面具在房子裡的時候不一樣。

透過那個，看得到完全不同的東西。

看得到。開始看得到了。」

# 二十一　足之章

是這樣說起的。他說起，「開始看得到了」。壇之浦友一的琵琶。那琵琶的音樂和聲音，盲目的壇之浦大人總是從開始看得到了說這個故事。犬王的故事，是這樣開篇的。之後是接著什麼呢？譬如「足」的篇章，是這麼說的。

「喔喔，想打赤腳，殷切地想打赤腳的犬王，有一次偷窺了排練場。不知為何，他模仿兄長們走路的方式，呀呀，偷看技術、偷師了，接著認真地持續一個人的排練，結果，喔喔、喔喔！腳的外觀起了變化。犬王的腳，左右都——」

不是這樣就結束。壇之浦大人友一講述的「足」之章節，還繼續著。那個（剛出生的）正常的兩腳，很遺憾，僅限於膝蓋以下的部位產生變化，而且，是犬王在三、四歲幼兒時期的故事，接下來四、五歲幼童時的事情，膝蓋外觀變化的故事，還會持續下去。

那個故事是這樣講述的。

「喔喔，現在到腳踝都變得平常了，這樣的話，也希望膝蓋可以變好，犬王熱切地希望兩膝一起改變，雖然還是孩子，他消化著至今為止的過程，不不，不是用語言消化，是以直覺判斷，大量地修練猿樂之藝，而且還是偷師習藝，把兄長們的技術全部偷了過來，達到大哥和二哥的境界時，喔喔、喔喔！膝蓋外觀改變了。膝蓋也變好了，左右兩邊都——」

# 二十二　群靈之章

腳。

膝。

友一的說唱既簡單又精要。友一的，犬王物語，如此演奏。譬如說到犬王膝蓋的變化，他說：「離醜得美。」原來如此，描寫之語僅此足矣。他說：「四、五歲幼童的犬王，對自己的直覺感到開心、愉快，甚至得到快感。」原來如此，這就夠了。醜惡的集合體犬王，一開始就有信念了，求生存的信念。為了生存，要奪取的信念。譬如出生時完完全全是醜怪的人類，能從別人那邊得到什麼？只有美。這種意念的正確。毫不迷惘。而不迷惘的人類將被祝福。是的，這條路是正確的。「是這邊」、「是這邊啦」。

是誰在低語？

那樣祝福的，是誰？是哪些人？

關於這一點，友一如此講述。從葫蘆開始繼續說，講了起來。

「那麼葫蘆——」他說：「繼木雕的無之面具之後，下一個是葫蘆的，挖出眼睛用的洞做成的手製面具。當然洞的數目是兩個。是這樣的，透過雙眼，犬王看到了街巷。觀察街頭巷尾。喔喔。透過那個，好像看到了不同的風景。喔喔、喔喔，透過那個，看得到不一樣的東西，看得到！喔喔，看得到喔。那麼，什麼時候開始能清楚看到呢？大概是幾歲左右啊？五歲、六歲孩童的時候。犬王到那個年紀的那個時候，有什麼現身了。這也能說是窺見，就像是在現世的空隙中認出了一般人看不見的東西。而那之所以可能，一言以蔽之，大概是因為透過葫蘆面具的那雙眼。喔喔，為了看到非比尋常事物的非比尋常的眼睛喔，雙眼喔。不不，是那為了雙眼挖的洞啊。場所在何處？道祖大路與六條大路的交叉，稍稍往下，也就是右京的左女牛一帶。犬王在那裡看著。看火災。看被燒毀的老房子。已經逃走的一群盜賊放了火，那裡熊熊燃燒著。因為才入夜吧，看熱鬧的人還不少。稍微有點距離的地方，犬王也在現場。一邊確認著火星不會燒過來，他待在草叢邊，也就是低矮的草堆裡。是說，太奇妙了。火光熠熠的不只是火災現場，他感覺自己的腳邊也閃著火光。犬王瞬間跳開。但是，啊呀啊呀，什麼都沒看到。那裡只是地面而已，只長了草。沒有會反射火焰的金屬之類。他想，這有點奇怪，將視線往上看的時候，這次竟然，連手都閃閃發光。透過葫蘆的雙眼，他能確切地捕捉到那個光輝。犬王凝神。從兩個洞裡，凝視。結果，像是雞蛋大小的光線一顆顆聚合般匯聚在手上，手掌到手臂、手肘，聚集在一起了！所以如此燦爛。那麼，等等喔，犬王再次看腳邊，視線往下移。有光。纏住了兩腳。果然是那些像蛋一樣的聚群，腿上附了很多。然後是兩腿間、腰，喔喔，腹部。犬王想著，這，會發亮。雖然燦爛發亮，不過好像有類似影子般的霧靄。那是附在我身上嗎？觀察至此，犬王突然領悟了。也就是說，這是妖火一類嗎？也就是說，是聚集在我全身的幽靈嗎？犬王忍不住大聲地笑了：『啊哈哈哈哈！』

『我發現你們了喔。』他說。

『喔喔，發現了嗎？終於發現了嗎？』聚集的靈魂回答。

『終於。你們，究竟，從什麼時候開始附身在我身上？』

『從一開始。』群靈答曰：『從你呱呱墜地，被拋入現世的時候，我們就跟上你了。群靈，一舉附身。啊，不不，不如說，我們全部的靈魂，都被你束縛住了。被你的醜。我來告訴你為什麼會這樣。我們是在洛中被殺害的。悲慘地被奪取了性命，成了某種法術的犧牲品。好冤啊、好冤啊，我們要往哪去啊。要去那證明我們被迫慘死之處。同樣是被犧牲，但卻是現世唯一活生生的證據，不，是即將出生的證據，我們到了誕生前的你的身邊。你的醜陋，就是某種妖術得以成功的，貨真價實的決定性證據。因為這件事，我們全部的靈，被你的醜引來，並且束縛了。於是，就在這裡！從你出生以來，一直在這裡！於是，是啊，我們等了很久啦、等了很久啦，等你發現的那一天。等著可以跟你交談的日子。犬王啊，到目前為止你都沒錯，踏上了正確的道路。你用皮膚感受到了我們充滿雜音的建議吧。即使是三、四歲的幼兒，也感受到了吧？然後到了五、六歲現在的犬王啊，你放心吧，我們是你這邊的。我們，是以演奏平家的故事維生，卻被虐殺的琵琶法師怨靈。全部，被你的醜陋所束縛，所以如此行事。為了將你的醜逐一解放，也為了解放自己，如此行事。為了讓我們每個人逐一成佛，如此行事。來吧，從今天開始，我們攜手破除那應該已經完成的法術吧！』」

# 二十三　新作之章

友一如是說。

壇之浦大人。

這個展開。

在琵琶法師，友一的《犬王之卷》裡，設計了很大的、很大的進展要素。孕育了極大的動作。換言之，那是「被孕育了」的胎動。胎兒踢腳了，激烈地踢著子宮內側，又滾來滾去地動著。等待足月臨盆。等待生產。到底，要誕生到何處？誕生到外面的世界。現實的，街巷之間。那麼都城的街巷，變成什麼樣子了呢？他們怎麼反應呢？這已經在前面的篇章中說過了，他們極為熱衷。陶醉於友一故事的都城人士大為增加。對這新曲，對這平家的新曲，也就是對《犬王之卷》的興趣。

而且有別於單純的興味。

首先犬王是真實存在的人物，還是同時代的人。

年紀是十八、九歲吧，不，過了二十吧。不管如何，他是現代的猿樂表演者。比叡座當然現存，而且在猿樂各個劇團中搏得了最高的人氣。

那麼，是誰將比叡座推到當今的地位？

是犬王的父親。

到了這位父親的世代，比叡座接二連三大暢銷，達到今日的地位。而接連暢銷的，全都是新作戲碼。犬王的父親寫曲，創造了很多曲子、很多作品，比叡座因而達到如此盛況。因為這些新作非常有趣，人們完全被這些新作給迷住了。給原來人們熟悉的故事，提供了完全新鮮的材料，重新料理為「猿樂之能」。具體來說，他只用能激發人們感興趣的奇聞軼事將平家一門的滅亡故事表現得更加戲劇化。就是這樣——就如同在《犬王之卷》卷頭，惡魔曾說過的話。也就是說，比叡座在當代能獲致巨大成功，是因為有確實的根據。不過，要說比叡座首領，犬王的父親，他如何獲得「人們早已熟知的故事以外的新鮮（稀奇）題材」？這就是謎了。這部分充滿了謎。壇之浦大人的琵琶，解開了這個謎團。解開了犬王父親曾經向不屬於這個世界的某物得到援助的謎。

為了借力，他認定犧牲是必要的。

他認定那些犧牲定會通向平家的祕辛。

這個認定，讓聽眾們興奮了起來。「喔喔，是多麼僭越之事啊！」還有：「是什麼前所未聞的況味！」接著還有人說：「竟然有這樣的內幕，比叡座，位極近江猿樂頂點，也技壓大和猿樂四座，啊啊，原來這是他們能在當代競爭中取勝的原因啊！」

於是出現了更多回響之聲。

「接下來呢？」

「接下來怎麼了？」

應聽眾要求，《犬王之卷》繼續，急速展開。當然，所謂《犬王之卷》，是犬王的故事。同時這也是——這也正是友一的故事。是壇之浦友一的。友一評價水漲船高，水漲船高！坊間誰都想聽友一的演奏。聽眾們也表現出這種反應：

「聽犬王，知平家哇。」

說到這個過程，長大後的犬王也和父親一樣，開始親自創作新曲。是從他親自產出新曲開始。而且，他創作的曲子都是取自平家滅亡的故事。那些作品被讚頌為「犬王・作」。是的，那時候開始，犬王將自己的藝名，取為犬王。犬王自稱為犬王。

名已彰顯。

之後，犬王就只要把自己生出來。

在這個世上，生出就算不戴面具也能通行無阻的自己。

# 二十四　計策之章

某處有一幼兒。方出生。因此年齡為一歲。是男孩，然而在確認是男是女以前，產婆慘叫，母親慘叫。眼睛不看雙腿之間。過於醜怪，只想著被產出的是已毀壞的人體。即使是帶著損傷出來的肢體——再怎麼說，也都還是連在一起被生出來的。當然有臉，有四肢，腳底也確實沒少。不過從頭到腳，全部被詛咒了。母親其實早有預感，知道將生出受詛咒的孩子。畢竟，詛咒的人是自己的丈夫，也就是嬰兒的父親，所以，多少有所覺悟。不過，沒想到竟至於此。沒能想像到。

所以無法正眼看他。

對於是否有陰莖等，也暫時無法確認。

不過，正眼直視時，卻有些地方是母親的眼睛看不到，產婆也沒留意到，就連受詛者的父親之眼也看不出來的。譬如那孩子，不久在不應該長出毛的地方長出了毛，不應該長出指甲的地方長出了像牙齒一樣的白色塊狀物，沒有人能看得出這些醜陋之處聚集了許多東西，母親看不出，產婆看不出，父親也看不出。而且，集不潔於一身而出世的孩子自身也看不出。總有一天會看穿，不過那是長到五、六歲大以後的事了。

此不潔之子即為犬王。

家世的血緣在近江國，但出生於京都之家。

出生了，不屈不撓地活下去。不論生來容貌多麼詭異。不是沒有嘴巴，並非沒有鼻子。能吃能喝，能呼吸。但是，雖然能喝水，母親一次都沒親餵過犬王。

擠奶，然後放在器皿裡，讓他從那裡舔，讓他自己喝。簡直是飼養家畜幼崽般的養法。不過，從一歲開始——到兩歲也還是這樣，犬王吸著那奶水，爬著、跪著靠過來。舌頭發出嘖嘖聲舔著，即使濺了出來仍喝進嘴裡。

是說，每次他成功喝進去的時候，被醜惡所束縛者都齊聲喝采。他們是誰都看不到的死靈。

犬王舌頭發出嘖嘖聲時，「喔喔這個嬰兒，他活著，他活下去囉！」大家都歡欣鼓舞地鼓譟著。

生前是琵琶法師的群靈，全都叫喚著：「你啊，要活下去！」活過嬰孩期，犬王能站了，開始能走路了。被丟到外頭自生自滅。但為了掩飾他的奇行異狀而做了一些處理。首先，臉被戴上面具，頭被包上頭巾，手被套上手套，像那樣將全身包覆起來。如此一來，臉最醒目了。因為那面具沒有表情。若要細說的話，那不是笑、不是憂愁，也並非瞪視；不是老夫、不是老婦，既不是年輕女性，也不是青年，亦非鬼神。僅僅只是無表情。

說起來，乃是無之假面。

在假面之下，犬王並非不笑。

二、三歲幼兒的犬王在面具之下，沒發出聲音地微笑。

在那每一個瞬間，憑附於犬王之醜的群靈，大聲地嘻鬧：「喔喔，好像很開心喔。因為父親的妖術被犧牲的孩子，卻還活著喔。還很開心地活在世上喔！」

他們騷動著：「活下去、活下去啊！」

那是在感應不到的人們的耳邊什麼都聽不到的聲音。

犬王生於近江猿樂一派的比叡座之家。雖是劇團領導者的兒子，與兄長們不同，沒有人教導他任何技藝，沒人逼他練習。只是命令他到外面「隨便你要幹嘛」，所以到了三、四歲，依然被強迫包覆全身。夏天，那可太辛苦了。或是梅雨時節，暑氣復返的秋日也是。犬王迫切地想打赤腳，受不了襪套了——想要至少露出下面，從下半身到腳底。不，大腿就算了，希望是膝蓋以下吧。「嗚嗚嗚——！」他迫切地呻吟著。

群靈也「嗚嗚嗚！」地呻吟著回應。

呻吟著建議著。

那些建議，只是聽不到的雜音。

犬王，想要赤腳，迫切地希望想要打赤腳時，某次他偷窺了練習場。因為人家不讓他進屋，所以只能透過縫隙偷窺，在那裡，兄長們正在練習優美的舞步。犬王心想，啊啊，是腳啊。雖然那不是語言，但犬王確實感應到「太好了、太好了，好機會」的意念。練習場傳來笛子的聲音，還有鼓聲。兄長們配合聲音踏出了腳步。

踏、踏，往前踏。

犬王模仿。

在練習場的外面，踏、踏，往前踏了。

這時候群靈歡欣鼓舞。

歡聲！

「沒錯──沒錯──你要奪回人家沒給你的東西。」群靈鼓譟。鼓譟了。「為了比叡座的成功，完全從比叡座大夫的系譜被踢出去的你──完全被犧牲，聚集了不潔的你──被剝奪了所有的美而生於人世的你，得到吧、得到吧！靠自己得到吧！譬如，得到那美。譬如，得到比叡座的技藝。那樣一來──那樣一來，你可以自行破解那咒術。此道正是叛逆之道。而我們被奪走的平家物語，在最後──也連根奪回吧。如此一來就會瓦解。咒術的條件將會瓦解囉。」

如此叫喚著。怨靈們的歡呼。

犬王，模仿。

群靈，聲援。

兄長們雙足的動作極為優雅。小弟犬王偷走了那優雅。

腳，腳，光腳，像是唱出聲音般地偷走了。嘴裡念著，「那雙光腳」。終於最後完整地偷到了，終於學到了無可非難的步行術，如同滑步般，輕盈、迅捷如飛鳥，現在才三、四歲的犬王靈活地運用兩腳時，犬王膝蓋以下，被醜惡束縛的幾位琵琶法師怨靈大叫：「這已不是醜了！不醜了！」可以說是高聲宣告了。充滿喜悅，終於踏上成佛之道，此刻，連犬王那個部位的不潔也一併從這個穢土帶走了。

輕快地消去了不淨。

於是，那一天，犬王明白了。自己的雙腳產生了所謂變化。膝蓋以下，有了改變。那裡，長出了脫掉襪套也無妨的極尋常的腳。兩腳都重新長好了。亦即，醜消失了。犬王驚，犬王喜。可以說犬王驚訝是驚訝，但並不十分驚愕。畢竟年齡才三、四歲，對這個人世會發生什麼事、很少發生什麼事，他還不具備判斷的標準。而且，本來就有類似直覺的念頭：「那麼做就可以了，要那麼做——往那條路走的話，會發生好事。」一直覺被證明了而已，並不感到迷惘。到了四、五歲大，犬王繼續練習。這是在練習場偷看兄長們的、暗自的技藝修練。正是偷學了猿樂的各種基礎，體會了比叡座傳統（的基本），即是為了站上舞台修練的舉止之美。

身之美。

到四、五歲大的時候犬王得到了膝蓋。

完全一掃醜惡的雙膝。

得到膝蓋的犬王，快速地飛奔了出去。爽快、爽快地奔了出去。離開附設練習場的自家一帶，愉快地全力跑到荒廢的西京。現在已經不戴著沒有表情的面具了，戴著挖了兩個洞的葫蘆取代面具。跑著，邊玩邊笑。發出「啊哈哈哈」的笑聲。

群靈亦哄笑。

「啊哈哈哈！啊哈哈哈！」

終於到了五、六歲。

某次，因為失火看熱鬧，犬王透過葫蘆的那兩個洞，看到了群靈。「喔喔」，他知道「我的全身都有幽靈憑附」，他們成群聚集。犬王親眼認識到凡人肉眼應該看不到的事物。接下來，向他們搭話時，也聽得到回應之聲。捕捉到無法在凡人耳朵響起的聲音。

「你終於，發現我們了！」群靈為之喝采。

「呀！呀！」地高聲喝采。

經此一事，犬王與群靈聯手，一同立下作戰對策——對策。現在確定方向，以破壞犬王父親的妖術條件。為此，群靈低語道：「把我們全部的智慧都拿去吧，活用吧！」以前屬於同一個團體的琵琶法師群靈說道，某次，如此說道：「我們中間的某與某與某與某，和其他的某與某，潛入了平家谷喔。曾有過那種經驗。隱遁者的後代有東西想託付喔。託付什麼呢？是被遺忘的祕聞，世間忘卻的故事，還有，散失的奇談。無法收入書中，被剔除的故事。全都是平家的。與這一門興亡相關的、被滅的平家的故事。他們想要託付這些，託給瞎了眼的我們，坐著小轎，以及被山中修行者背負著的我們。託給我們琵琶法師，只以語言——以聲音託付，我們也只收下了聲音，收下了語言。來吧，你能活用這些故事。活用吧！」某次，又如此說道：

「拿走吧、拿走吧、拿走吧！你，去獲得終極的美吧。或許會花上不少時間，但就那麼做吧。在那過程中，喔喔，你要打敗你的父親囉！」

# 二十五　平氏之章

當然五、六歲的兒童，到了八、九歲，再到能不斷產出猿樂新曲風靡一世，至少也需要十年。為了產生劇本，必須作詞，也需要那方面的鍛鍊。但要成為語言文字的創作者，至少還得花上十年。那其間——是說其實在那之前，犬王交到了朋友。那是活人（並非怨靈）、是人類的朋友。因為是盲人，所以能與犬王親近的琵琶法師朋友。最初，那人的名字是友魚，過了一陣子，成了友一。犬王因為朋友看不見自身的不潔（雖說無法讓他實際看到那惡魔作祟的結果，缺乏說服力），並未向他披露群靈或妖術等真相。不過，「應友一要求」，他說了平家的祕聞，成就了許多故事。他樂於讓友一將那些故事，轉為琵琶的講述──以說唱藝術的形式。也樂於讓友一在洛中傳布那些故事。只是，以策安全，要求道「別人不太知道的紀錄，你先別說出來」。要怎麼發展計策呢？目前暫時不能讓父親知道，所以能跟友一說的故事還有限。到此是最初階段，接下來則是下個階段。首先，犬王在比叡座的演出中登場的機會終於到來。二哥的急病真是再剛好不過。犬王已擁有相當的技藝，所以能站上舞台──搶走了角色。同時，友一也面臨了接下來的階段，這也是最初階段的下個進展。友一，在京都，以琵琶法師的身分頗有名聲。被如此評價：「說到新進琵琶法師的演奏者，當屬壇之浦友一吧！」

是的，現在，一口氣往十年後前進。在這裡。

接著，過了十歲以後，犬王對友一建議：「你來作我的曲子吧。」他說：「把我的事、我的生平都譜成琵琶的曲調吧。」犬王說出了群靈、妖術等真相。

那些話，相當有說服力。而且，畢竟犬王和友一之間有羈絆。友一向父親的亡靈確認：「阿爸喔，被犬王超渡的怨靈存在嗎？曾經存在嗎？」曾經存在。自此開始，進入最初階段後的下個階段，再接下來然後再接下來的那個階段。

往下進展，通往巨大的、巨大的——展開。

為此，需要的是犬王的新作品。為數眾多的新作。也就是只需要與眾多「犬王・作」的，新作品的創造產生密切關連的策略。

只需要那些。

若要羅列曲名，譬如《重盛》、譬如《臂塚》，還有後世以《千尾》之異名為人所知的《鯨》這些猿樂的劇本，現在在此列舉的，正是依序由犬王所產出的、所誕生出來的。首先從《重盛》開始解說。所謂重盛，即是平清盛嫡子，被稱為小松大人，高昇至內大臣之人物，可說是平氏全盛時期之重要人物。若尋訪坊間流傳的平家物語，在富士川之戰[1]與北國遠征戰[2]中都擔任大將軍，卻連戰連敗，最後跳入那智瀑布的維盛之父；平氏嫡系最後之子，被斬殺的六代御前[3]的祖父，即是重盛，也就是貫串全篇故事（構成）的第二重要人物。不過，犬王的《重盛》，不著重於描寫重盛偉大武將的面向，或是他如何符合平家一門之棟梁的言行。實際上，對獨裁擅權的清盛，也就是父親，重盛乃是能上諍言的英雄人物。然而，在犬王的《重盛》中，重盛不是主角。那麼主角是誰？平家歷代的家臣，平貞能。那位任職肥後[4]守的貞能是主角。而犬王《重盛》中的故事背景，是現在嗎？是過去嗎？是過去。

時維壽永二年。

那年的七月。

也就是平家逃離京都之年、月。那個下旬的夜晚。貞能一人，不，實際上和手邊僅有的三十騎兵馬，留駐洛內。「直到方才，才在西八条的火場上拉起大幕，度過一夜。」貞能說道、貞能唱道。

大幕——指的是野外軍陣用的帳篷，可以鋪設暫時居所。

「等待平家公卿貴人。在此等待返回都城的公卿貴人，吾在此等待。」他唱道。

「然而無人現身。無人返回，只能淪落而離京。往西，往舊都福原[5]，再往西，一逃再逃。」他唱道。

「我心憂矣，我心憂矣。」他唱道。

然而，除此之外，貞能繼續說著，更心憂者為墓中之小松大人（重盛）——「大人！」他接著喊，喔喔，事態至此則故人重盛公之墓，或將為源氏之馬蹄所辱，貞能說出憂心之事，因此自己疾驅至墓地所在。「讓我等在此開掘吧！」他接著說。

「掘墓。」

挖出了骨骸，未至中年猝然而死之平重盛的遺骨。

那骨骸與貞能的對話，是此劇前半部分。

劇的後半，貞能將遺骨掛在脖子上，要尋覓某處自行祭祀，因此，即刻出發行腳，劇情在他宣布此事後急轉而下。

「從現在開始祭祀、現在開始祭祀。」唱道；

「為了大人、為了大人。」唱道；

「離開都城、離開此都城，雖是如此，不淪落西國。」唱道。

貞能再次說出對小松大人（重盛）的畏敬：「昔日無論何種勇猛武者，一遇大人，既恐、亦驚，各個舌顫，舌顫發抖且戰慄。」接著貞能的樣子突然變了。

何物附上貞能之身，因而貞能起舞。

何物憑依上身，使貞能起舞。

所謂何物，乃為重盛。可從他邊跳舞邊念唱的歌詞得知。「貞能啊、忠義者啊！侍奉我的忠義之人啊！」他呼喚著。

此舞蹈，為狂亂之舞，其中自有興味。同時，構造（展開）之嶄新，備受矚目。主角雖不扮演重盛，而演出了被重盛附身的貞能。最後接著貞能出家的宣言，以及後來他將被稱為肥後之入道的預言等，過去與現在連結了起來，壽永二年連結到貞治年間的現在——貞治為北朝之年號，南朝則是正平年間（之當世）。

於是，這段預言中有各種平家異聞，譬如預先講了貞能前往何等地方之何等避世之里，在彼地安排了後被稱為「小松寺」之據點等等。也講到暫且前去東國，請託宇都宮氏等事，插入了兩、三則當時的逸聞。平氏的家臣和宇都宮氏的交流……

因此，看頭很多也很有聽頭。

所以演出大受好評，不過，最吸引觀眾的，是某一瞬間發生的事，在當事人們也無法消化的瞬間，風靡大眾的，是從前的主公重盛附身於主角貞能身上，翩然起舞前的一句台詞，以及伴隨台詞的動作，或說是行為。

貞能——演出貞能的犬王，唱著「昔日無論何種勇猛武者，一遇大人，既恐、亦驚，各個舌顫，舌顫發抖且戰慄」，那之後馬上進入狂亂的（而且充滿了壓倒性魅力的）歌舞場面。在那個瞬間——因為無法特指的奇形、抑制不了驚嚇的異狀而顫抖不已，令人震顫無比的不安之物，從主角的裝束中，被瞥見了。眾人趁隙窺見了，主角身體的一部分。

因此演出極成功。

馬上再加演。

1富士川之戰：西元一一八〇年，平維盛所率領的平家軍隊，與從伊豆往駿河進軍的源賴朝軍隊在富士川對峙時敗走。

2北國遠征戰：西元一一八三年，平維盛率領據說有十萬大軍前往征討北國（今長野縣、新潟縣等）的源義仲，但在俱利伽羅峠之戰中被源義仲擊敗，平家方面傷亡慘重。此後平家決定拋棄京都前往西國。

3六代御前：平高清（一一七三－一一九九），平維盛之子，平清盛之曾孫。

4肥後：今熊本縣。

5福原：西元一一八〇年，平清盛暫奉安德天皇爲新都之地。今神戶。

# 二十六　美之章

美麗有其階段。

在犬王與友一從相遇到熟識的過程中，經歷了友一還稱為友魚的階段、犬王未能向友一言明群靈及妖術真相的階段，在十歲之後，轉進下個階段，再之後，更轉向接下來的階段，直至今日。如同這些階段的變化，犬王去除了那些不潔，也經過了數個階段。

而且也依靠了策略。

譬如犬王的耳朵，他很早就計畫要快快讓耳朵回復為一般正常的耳朵形狀。如果不回復的話，面具可能掛不住。雖說用假髮就可以，但在無假髮的角色（當然能想像會有那一類主角）時，會擔心怪異的耳朵在毫無預警的狀況下暴露於人前。如此則無法站上舞台。觀眾會嚇壞，客人會逃走。

所以，耳朵。

如果能超渡那些被耳朵的醜惡所束縛的群靈就好了。聚集在耳朵——左右都有的某與某與某（琵琶法師的怨靈們），被犬王的父親奪走了什麼樣的平家故事？被奪取殺害，或是被處刑後再強取豪奪，被迫提供「猿樂之能」的題材，犬王知道是哪些曲子，他偷看，並練習那些被奪走的舞蹈與謠曲。著實地、著實地讓那些物語滲入自身。也就是說，修習。這麼一來，正是他領悟了「修習成功」的剎那，耳朵——左右兩耳，都因喜悅而發抖。毛骨悚然地顫抖著，很快地也聽到聲音。原來如此，太高興了。「喔喔，犬王啊，你——從父親那裡奪回了！為了我們，你奪回了原本為我們所有的平家故事！」歡喜叫喚。

步上成佛之道了。

漸漸去除不潔了。

耳朵的，兩耳的。

一掃醜惡。

犬王如此一邊考慮著優先順位，一邊循序漸進地得到了美。持續到手。《重盛》初演時備受讚譽等事，也可以說是獎賞吧，群靈啊呀啊呀地喝采騷動，兩腿在一夜之間轉瞬淨化了。「喔喔，我啊——」犬王笑道：「——似乎被重盛公賞賜了兩腿。可喜啊！可賀啊！」

因為有獎賞，犬王外觀的變化也加速了。

不過，依然殘存著大量的醜，犬王利用了自己身體的美醜，迸發出新作以及表演。產出。一開始是《重盛》，接著是《臂塚》，不過在這裡，令人不安的部分故意不讓人看見。無論如何都不讓人窺見，而使用別的看頭讓觀眾入迷。

《臂塚》以一之谷戰爭為主題。壽永三年二月的對戰，源平雙方都有眾多死傷。畢竟被源氏方斬首示眾的人數高達二千多人。當然，被射死的更多。被斬殺而死，死於山崖，死於海邊，城門前馬匹的屍骸堆積如山。不過，若說死者眾多，幾乎喪命而勉強留下一命的傷者——重傷的、輕傷的——還更多。例如，像是只失去了胳臂的人。

說到在一之谷大戰中失去單邊胳臂的，就是武將平忠度了。

有名的薩摩守忠度，右手臂從手肘上方被「噗嘶」地砍斷了。

後來，頭也被斬了。在這個意義上，他並非只失去了右手臂的人。不過，在犬王的《臂塚》中，牽動故事的——不得不讓故事動起來的——是忠度。忠度，在臨終之時，據說幾乎是在斷氣的時刻，都有百騎兵馬護衛他。不過，這些護衛，一聽說敵人出現就爭先恐後地逃走了。那情勢，太過悲慘。也太無情。

但，真的是那樣嗎？

「不！」有人從《臂塚》中現身抗議了：「不——！」

此人在開頭時並未出現，戲劇一開頭登場的是三名僧侶。行腳僧與兩名隨從僧。時代——若要問是現在還是過去的話，是現在，他們造訪須磨之浦，發現了設於柿子樹前的小小墳塚。接著當地的老嫗馬上出現了。這老嫗，自稱是這裡的守墓者。

「這裡是做什麼的啊？墳墓是誰的啊？」僧人問。

「請看柿子樹。」老嫗答。

「還是春天，沒有果實。還是春天，只有花朵。」僧人說。

「還是春天只有花，只有花開。」隨從僧們唱。

「然而秋日將結實，喔喔，某物將結出果實。」老嫗唱。

「到底什麼會結實？」僧人問。

「到底是什麼，何物於此處結實？」隨從僧們唱。

「是柿非柿，長的、長的，喔喔，是結出細長之果實。宛如人類的單邊胳臂，長出如臂之柿實。」老嫗唱。

「那是為何呢？」行腳僧說。

「因為此墓乃為臂塚。」老嫗回答。

「說臂塚，是何物？」行腳僧說。

「關於此事，」老嫗說：「由我以外的人來回答吧。」

老嫗消失於柿樹（與墳塚）的暗處。於是，三僧人立刻陷入沉睡。

夢中，老嫗又馬上現身。而且，從柿樹（與墳塚）的後方出現。戴著不是老嫗的面具現身，而且，現身時全身披掛著甲冑。「喔喔、喔喔、喔喔——」說了起來。

「薩摩守大人的侍衛全都逃跑一事，這其實單純是話題談資而已。一之谷的對戰中，我家主公忠度大人被討伐之際，我本人也逃掉一事，只是、只是愚蠢的責難。為何我不得不受到那樣的批評。喔喔，現在是從前、現在是從前，我……」

他低吟著。

「主公忠度大人從一之谷西之陣敗退下來時，我救了他。」

他低吟著。

「東國豬俣黨的武者二人聯手進擊時，我為大人開了撤退之路。」

他低吟著。

「之後被追上了。立刻，被追上了。然而，大人在那時候，又被豬俣黨的岡部六野太忠純那小人盯上，被攻擊，正是如此，此時侍衛全員潰散。喔喔，我先於眾人逃出！只剩百騎左右的兵力！喔喔、喔喔！我若在場——我若在場……」

他低吟著。

「薩摩守被斬去手臂，斬去右臂。」

他唱道。

「斬去右臂，然後斬去首級，是遭斬殺。」

他唱道。

「而且發現了綁在箭袋的信，其中寫下的和歌，我也偷看了，就是這個。」

他說著，於是詠其歌——行至遲暮宿木蔭，花為主人吾為客。[1]

「因為有這首和歌，我才知道被斬殺的是平忠度大將軍。首級被拿走了，身體不知被何人帶走。除此以外，全身的東西也被扒光搶淨了吧。實在是太無法無天了。那，手臂在哪裡？大人的手臂，大人的，我們大人的，右手臂，在哪裡！」

說到這裡的時候，行腳僧三人，在夢裡醒來。

「沒有手臂嗎？」僧唱道。

「找手臂嗎？」隨從僧唱道。

「是老媼嗎？」僧問曰。

「白天的守墓人嗎？說出『臂塚』之名，必是那日間所見之老媼吧？」隨從僧們問。

「不、不、不！」身著甲冑的老媼——現在那不是老媼——這麼說著，藉著這大喊，起舞。舞蹈快速，而且激昂，而且美麗。——美麗。從此處開始，僧人們說明著一之谷對戰的最後，也就是平家軍敗走時發生何事，同時進行著舞蹈與歌詠。

他們說，敗走方的官兵打算往海邊逃。

他們說，一之谷前方的廣闊海邊準備了好幾艘、好幾艘撤退用的船。

他們說，然而爭先恐後地，身著鎧甲的士兵，四、五百人，不只如此，甚至多達千人，想上船，想擠上一艘船，眾人推擠，一大群人打算上船。

因此大船沉了——

三艘大船都沉了——

他們說，於是下了命令，下達了「讓有地位的人上船，除此以外勿登船」這樣的命令。因此，沒有地位的武者，想要上船的全部都被斬，都被斬了。

即使如此，小兵們爭相攀上船——

抓緊了船——

他們說，手臂被斬了。

他們說，手肘被砍下，全部的人。

一之谷的海岸，噗嘶地被斬掉的手臂、手臂、手臂紛紛掉落，僧人們如此唱道。而平忠度的家臣，現在附身在老嫗身上的武者——源平時代的武者之亡靈——起舞了。

我們知道，這名武者，將會撿拾手臂。

我們知道，他撿拾了岸邊散亂的無數手臂，憑悼，埋於墳塚。

我們知道，他因無法撿拾主人的手臂，取而代之撿拾了數百隻手臂，下層武者的一千隻手臂。

那裡會長出柿子樹。將來。

這個故事的傳承，留給了某人。建好臂塚後，落難武者的後裔留下了故事。

而劇的最終章，行腳僧表示：「我會供養，供養手臂，亦供養你。」約好有一天將會修建石塔後，繼續跳著舞的武者，也就是劇中主角的手臂，發生反應了。

是右臂。

右臂的長度，不對勁，竟發生這種事。

奇怪了，手腕的前端，覆蓋著像防具的木盒，不讓人看到任何不尋常之處。

而手心、手指，都很美。

犬王的，右手臂的前端——那手指也是。

美。

美麗有其階段。

這個舞台，有什麼樣的旨趣？沒有一個觀眾能正確地評論。然而大受好評。所有人，都風靡於那絲毫未暴露的事物。他們知道，木盒之中，確實有受詛咒之物——以人類的直覺，他們隱約察覺到了。

1此段和歌之譯文，引自獨立行政法人日本藝術文化振興會製作之「歡迎進入能樂的世界」網站。

# 二十七　魚類之章

接下來解說《鯨》。這是犬王產出的新曲中，從一開始就被認為「不可能」重演的唯一作品。只限一次、只限一天的演出後，就在比叡座束之高閣。然而，十年後、二十年後，此劇之名還是如雷貫耳。大名鼎鼎的背景之一，是其他劇團借用了這個戲碼。近江猿樂的二個劇團、大和猿樂的一個劇團，總計三個劇團。然而，他們並沒有偷走全部的劇本。犬王的語言，在這齣《鯨》中難度很高，只觀賞一次，到底無法完全記住。那也是奇妙又大膽的改編，從中生出的諸曲，稱為《千尾》。亦即《鯨》之俗稱。那麼在平家物語中，「千尾」所指為何？尾，是計算魚類的量詞，有那麼多的數量、有那麼多魚類出現在故事中？

有的。

有種魚稱為海豚。因土地不同，或是時代不同，亦被稱為鯨魚。實際上，鯨魚和海豚是同種的魚類，不同之處只在於體型大小。

也就是《鯨》——俗稱《千尾》的作品，描寫的是海豚。

在平家的故事裡，海豚出現在什麼樣的場景中？

據說有一、兩千隻海豚在壇之浦大戰中登場。故事中表現吉兆的地方，像是有神諭表示源氏將轉為優勢，然後也有顯示平氏敗北之徵兆，後者即是一、兩千隻的海豚，將出現在海上。平宗盛目擊了這一大群海豚。一門統率，平宗盛。

時間是元曆二年。

當年三月。

四年前，平清盛斷氣。再兩年之前，清盛之嫡長子重盛離世。宗盛為重盛之異母弟，二位尼的第一個兒子，因此，現在為平家棟梁。

這位宗盛親眼目睹了大群的海豚——此等異象，於是請人占卜。

回答有二。

如果這一、兩千隻，游回原來的方向，那麼源氏會滅亡。

然而，若非如此，

若不往回游的話，

覆滅的就是平氏。

一、兩千隻的海豚，並未往回游，海豚游經了宗盛率領的船艦隊伍下方。在海面張開了嘴，邊換氣邊游了過去。

犬王製作的《鯨》，探問的是那麼海豚們直直地往哪裡去？他們說既然是魚類，應該總有一天會回來的。舞台上出現了相信海豚終將返回的平家後裔。滅亡武將的後裔，不，他並未亡於壇之浦的戰場，舞台上出現的是從彼處逃離的有名的一軍之首其中一人，他是飛驒的四郎兵衛手下之武者後代。

「吾在此，等候歸來。」讓他說道。

「吾在此，等待千尾。」讓他唱道。

「向彼處前去了啊鯨魚。」讓他唱道。

「到了彼處海涯盡頭。」讓他唱道。

「回到此處，在我眼前，終於『回來了、回來了，喔喔，已經百年，竟花了百年以上』，終於換氣，換了氣。」讓他唱道。

時代介於今日與過去。主角是現實的人類，同時，也讓人想起早已列入眾亡者的武者靈魂。犬王以這種曖昧，換言之他準備了**狹縫**，還有美麗的尼僧，甚至加進了聽見海中傳來歌聲的奇譚。在那個故事中，地謠[1]的合唱曲，滿布了華麗的詞藻。幾乎像是**神聖**的語言——。在此，被導向終章，龍神現身。龍神附身於主角顯靈，立刻起舞。

尼僧說：「總有一天必將奉祀。」

「然而，」又說：

「您當真為龍神之化身？請於現在、於此處現身。」向龍神乞求。

現在，於此處。於是主角徐徐解下裝束，露出左肩。左肩的臂膀下方的部位，那裡有著什麼。只能說像是魚類游泳用的，也就是如鰭一般的，醜怪之某物。窺見了。而在這一瞬間，崇高地窺見了。作為神聖的證明，完完全全是莊嚴的窺見方式。觀眾無人慘叫，亦未驚嚇，亦無人發出聲響，唯有入迷。立刻，那個某物被遮蔽了。

未曾再度上演。

1.地謠：大合唱之意，一般說台詞和跳舞的是主角（仕方）等演員，心理和情境的描寫就由「地謠」大合唱表現，他們有時也會跟主角等演員相應和。

# 二十八　獎賞之章

獎賞持續著。《臂塚》上演後，犬王獲得了漂亮的單邊臂膀。原本的醜惡一下子被去除，肩胛手臂到手腕的地方，完完全全變成尋常的右臂了。犬王笑著，「喔喔、喔喔，我啊——」驕傲地說：「——從忠度大人那裡得到了這隻手臂喔。」

「來自有名的歌人薩摩守。可喜呀！可賀呀！」

《鯨》的狀況如何呢？上演後不到一刻鐘的時間，群靈歡喜，畢竟「現在，束縛我們的醜惡，發出了高貴又神聖的光輝。這是——喔喔，這是！」喜悅到發抖，眾多怨靈立即成佛了。這時又出現獎賞。犬王說：「喔，我的胸鰭和臂鰭，消失了哪。」

犬王，在兩個月後的不同表演、不同戲碼時，同樣採用了會露出左肩的演出，展現了演技。然而那裡已無絲毫不潔。那裡，只有美，只有美而已。

肢體被淨化了。

於是，接近了極致之美。

# 二十九　陷阱之章

「於是，接近了極致之美。」壇之浦友一說。

壇之浦大人說。

這是《犬王之卷》。以上故事，由抱著琵琶的友一演奏。去掉了牽涉他自己的部分，全部說給觀眾聽。犬王如何創造出新曲，還有他如此產出的曲子內容如何。他如此說。說了《重盛》的故事，說了《臂塚》，終於說到了《鯨》。實際上，都城的聽眾，對這些戲碼的名稱都記憶猶新。

「喔喔——！」他們心想。

「接近了、接近了喔——！」他們想著。

「接近現在了——！」互相說著。

所以反應極熱烈。但是，接下來怎麼了？那麼，接下來怎麼了嗎？人們知道這個故事正在快速進行著，他們希望這個故事能快速前進。事實上，《犬王之卷》已快速向前。而壇之浦大人，也就是友一，在以上的段落——也就是新作之章的最後，加了這一句。他加了這麼一句：「最後階段，已近了。」

階段的，最後的事物。

犬王生涯之階段的。還有，美之階段的。

於是友一說起了故事。

「那麼，故事是這樣的——」他說了起來：「後來是這樣的。首先父親變成這樣了。喔喔，誰人皆有親人。擁有子宮的母親，當然人皆有之，再加上給予了精子的父親。父親！而且是為達頂點，能犧牲自己孩子的父親。有那種父親！那樣的父親，喔喔，原來如此，在當世藝道中他窮究到極致，是比叡座的領導者，這個比叡座在猿樂諸劇團中更是出類拔萃，美之道的霸者！然而，這是何事、是何事！他像是被逼到盡頭般，蒼白的表情，在說著什麼。到底，在和誰說話？

竟然！不是人——

非人之物，回應著——

『你在問什麼？』

他回應。

『就是我方才所言之事。』

犬王的父親喘息著說道。

『事到如今，大概無法縊死那已被你犧牲的兒子，也不能葬送他的生命了吧，你想要什麼？』

『我恐懼。』

『恐懼何物？』被問道。

『我恐懼，那東西接近我。』

『那東西，為何物？』被問道。

『當然是我兒子，犬王。』

『犬——王——』惡魔讓聲音響徹四周。

『哪，喂！不是只有身為比叡座大夫的我，才能夠窮究美嗎？』

『你不認為自己窮究了嗎？』被回問。

『我認為我是、我認為我是。但是，不是只有我本人，才能窮究藝的嗎？』

『你不認為自己窮究了嗎？』被回問。

『我認為我是、我認為我是。但是，是怎麼一回事？犬王在接近我啊。那個怪物的新作品，在坊間的人氣——』

『怪——物——』惡魔讓聲音轟然響徹。
『我才是這世間最燦爛華麗的吧？』
『不……燦……爛……華……麗……嗎……？』話語斷斷續續，回問道。
問題被丟了回來。
『我做到了！』犬王的父親大叫：『我是做到了！不過，這樣下去，很快我就會失去了！我的、我的這個劇團會被那個犬王奪走。會被搶走吧。』
噗滋噗滋，只湧出了像泡泡般的聲音。
噗滋噗滋。
然後——
『那麼，你……』
聲音接著出現。
『喔喔，我……』

父親回應。

『你期待什麼？』惡魔問。

『那個東西，讓他消失，立刻。』

『那個東西，是什麼？』

『犬王。』

『你同意過要將誕生前純粹無垢的美奉獻給我的，那個犬王嗎？』

『是的。』

『你說要把無穢無惡的那個全部交出來的，你兒子犬王嗎？』

『是的。』

『現在想要讓他死嗎？想要從這個世界裡除掉他嗎？』

『是的、是的。』他大叫。

『也就是說，你，是要違背跟我的約定了啊。』

『什麼？什、什麼——』用顫抖的聲音問：『我，如果是為了這個追加的咒術，可以獻上更多、更多的犧牲。不只是那些平家座頭啦，我可以殺更多人、殺更多人。可以獻上更多！』

父親試圖交涉。

『不過，你——』惡魔回復冷靜：『你要違背一開始的約定啊。是毀約哪。』

『那是、那，雖然是如此——』

『既然如此，就毀了你吧。』

翌日，身體彷彿被凌遲切割般，犬王的父親，以極度毀壞的悲慘樣貌被人發現。慘絕人寰，謎般的死亡。明顯是橫死。損壞的遺體，然而——總算還勉強地——首身相連。目睹之人，無人不發出如此感慨。喔喔，這實在是太醜陋了、太醜陋了。」

# 三十　名之章

友一述說這些經緯。以他的琵琶，也以他的聲音，在都城民眾間獲得絕佳讚賞。享盡社會上的稱譽。也就是，這個犬王的故事（此點雖說一再重覆），是友一述說的故事。

那麼，友一後來怎麼了？友一如何了？

在《犬王之卷》中，關於友一其人的部分，並沒被講出來。盲眼的友一——原本是友魚，出現在犬王前面，成為彼此獨一無二的朋友，共同步上人生的階段，這些部分都被省略了。從一開始的階段到接下來的階段，接著再到下一個階段。然而，是那個部分。那些不能省略。畢竟，這是友一的故事。不，正確說來，乃是友魚的故事，友一的故事，接下來，其實是第三個名字的故事。

友一改了名。

成為壇之浦友有。

坊間一如之前，帶著敬意稱呼他為「壇之浦大人」。不過，名字從友一改成了友有。稍微換個說法，友一捨棄了一名。為何？是何種理由讓他改掉了藝名末尾的「一」字？

因為他離開了當道座。

正確說來，因為他被當道座驅逐了。

以覺一檢校為統率的琵琶法師團體。

覺一有何功蹟？

他統整了琵琶法師各團體、各流派，為了實現此事，他整理出平家物語的正本。

正本，謂之正確之本。

換言之，他整理出新編輯的《平家物語》版本。

於是，未收錄於此正本中的旁枝末節，以及和正本在結構上不同的其他版本，都可以忘掉了，忘記吧，是此意。

當道座成就於忘卻的前提。在忘卻的基礎上，在抹消的基礎上。

根據某傳聞，覺一檢校是足利尊氏的堂弟。當道座因為被將軍家管理，因此得以稱霸當代。只要是琵琶法師——若想步上「《平家物語》的演奏之道」，就不得不附屬於這個團體。

友一的物語，即使一口氣過了十年，也還沒到達這個當道座正本完成的時期。之前曾想嘗試這樣的時光飛躍，但也還有四、五年的間隔。一口氣跨越十年，也還不足四、五年。不過，現在時間已經過了。畢竟友一正在產出琵琶的新曲。產出其名為《犬王之卷》的新曲。接著，犬王產出了新作，「猿樂之能」的新作品，陸續創造了如《重盛》、《臂塚》、《鯨》等作品。

因此，時移歲易。

因此，四、五年，就在這段期間經過了。

經過之後，友一——改名為友有。

從此，就是友有的故事。

然而，在那之前，其實有不得不踏上的階段。那才是最終階段，那也是犬王首先踏上，因此，友一也踏上了自己的階段。

亦即終極之美來臨。犬王的。

# 三十一　無面之章

「父親去世了。」友一說。已經是友有的友一說道。

「父親——去世了，那位父親慘死了。喔喔，如此一來，比叡座面臨群龍無主的局面。不，長男當下權且就當家之位，率領全座，企劃演出事宜。然而，大夫為誰？首席的演員，比叡座的代表由誰擔任？大夫！當然，犬王長兄比叡座領頭立陳『讓我當大夫是理所當然』，認為『一座之領頭就是大夫』。對此，二哥主張，『大夫是要當下任領頭的人吧。並不是暫時之領袖』。其他兄長口中說著

『嗯嗯』，低聲說著『嗯』。小弟犬王，等待時機。

因為他知道，那位子，是由技術優劣決定的。

因為他清楚，那位子，是由世間評價決定的。

而且，在那個時候，早就沒人能比得上犬王的評價。

不過，必須決定勝敗。而且，這種勝負也必須在演出上確立，必須大受歡迎。新的當家，犬王的長兄考慮了這事。他設想，一天之中，上演多場表演。讓兄弟各自擔當主角的『猿樂之能』，在那天，輪番上陣演出。世間因此為之騷動。啊，抓住了話題，抓住了。說到看熱鬧的人群，那可是前所未見！在這個意義上，長兄確實有作為演出統籌的才能。就直率地稱讚他吧。不過，身為演員，他真的能拔得頭籌嗎？還有，身為戲劇的創作者、身為新的『猿樂之能』的產出者，又是如何？

他並不具備那樣的才能。

沒有、沒有。他重演父親創作的戲碼。

其他兄長又是如何。

果然都是重演舊曲。亦即是，沒有——他們沒有過。

犬王準備了新曲。

又是新作品。曲名為《龍中將》。龍，大概能察知，這是因為在《鯨》中演的龍神以及龍神之舞，實在有口皆碑，成為人們談論的話題，『好想看那個啊。喔喔，那劇啊，就算沒辦法全部再重看一次，至少，那舞蹈，想要再次拜見那位龍王啊！』如此的聲浪太高了，為了回應觀眾要求，犬王準備了《龍中將》。說到故事的情節，說複雜是很複雜，也有不少評論者說『啊，看不透那道理』。那並非批判，不如說是驚訝於其嶄新而吐露的真心話。《龍之將》的舞台設定於何時？是現在？抑或過去？什麼？可以說是現在，也能說是過去。畢竟是在夢裡——從夢的裡面描寫的故事。自現在的夢中體驗過去，所以是夢，不能斷言那是

『往昔之事』。

所以，主角犬王飾演的平家中將登場了，是亡靈，同時也不是亡靈。

因為是還活著的時候被夢見的。

要如何讓觀眾理解這麼不可思議的安排？犬王不愧是犬王，他在戲的開頭，使用地謠合唱來說明此事，也就是藉著重覆合唱『此為夢中、此為夢中。逕自前往夢裡，此為平家的唯一之路。通往滿門覆滅之路』，讓觀眾了解『喔，原來是這樣啊』。

此為夢之場所？

而且平家步上了夢塵？

那麼，中將乃平家顯貴公卿之亡靈。不、不，因為這是夢境之中，公卿此時仍存活。

犬王以這種方式讓觀眾理解。

然而，隨後發生了兩件不可思議之事。這位活著的中將說出：「我，似乎被誰夢見了。」

到底是誰夢見了？在何處夢見了？活著的中將欲追究此事。接著，中將的周圍出現了龍宮的景象。也就是水府，所謂的龍宮城。喔喔，是在海底啊。證明海底之美的華麗劇本，接二連三地唱了出來。是的，在這夢裡，中將在華麗龍宮城中信步遊覽。這無可挑剔的——幸福。不過，夢見平家一門的幸福模樣的，究竟，是誰？活著的中將決意探究此事，因此，入睡了。進入睡眠之中，藉此試圖接近死去的世界。

結果，出現了一個自己已成為亡靈的世界——也就是說，後來的世界，喔喔，出現在中將的眼前。

在那裡的，不正是應該已經被滅亡的一族後裔嗎？

『此處啊、此處啊，隱遁者之里。』中將唱。

『此處啊、此處啊，傳唱的是經典。』中將唱。

『此為僅傳承於一門之間，傳承的、殘存的夢幻般的經典。雖然讀著來自這夢幻般經典的內容，雖然日夜努力，夢見的是自己嗎？顯現了吾人所在之龍宮嗎？喔喔，這是多麼讓人感動啊。然後，被稱為夢幻般經典的《龍畜經》，是何等靈驗顯著，喔喔！』

中將感動至極。

化為亡靈的中將，在那瞬間醒覺，再度成為在海底活著的中將，龍神甚至附身他的肉體。令人極為感慨的是，龍神依舊。何只十年，即使百年以上的歲月已流逝，平家的遁世之人——其後裔，依舊不懈地勤讀《龍軸經》。這份感動。

因此龍神附身在中將身上。附身了！

因此龍神讓中將起舞了。使其起舞！

跳舞、跳舞，中將——犬王扮演的主角——以驚異的技巧跳舞。

不僅如此。

停住了。

犬王停住了。舞蹈靜止了。突然地。

犬王面向正前方。犬王扮演的龍中將。

接下來，犬王做了什麼。

他把手伸到臉上。

將戴著的面具用手摘下。

當然，犬王戴著能面，戴著年輕男人的面具。面具雕刻的真正是、真正是端正秀麗的男子之臉龐。讓人感嘆真不愧是平家年輕公卿的面具。那個面具——犬王摘了下來。

用兩手，喔喔，摘了下來。

摘下來了！

露出了原本的臉。在『猿樂之能』中，所謂的『無面』。能樂的主角在幾乎所有戲碼中都會戴上面具，不過也有刻意不戴面具演出的戲劇。稱為『無面之能』。而犬王，可說是當然，他從未上演過那種曲目。那演出——比叡座的兄弟們的聯合接力演出——掀起盛況，大盛況，在那之前，看過犬王真正容顏的客人，連一個也沒有、連一個也沒有。直到那瞬間。

暴露於世的犬王之真實容貌，讓所有觀眾都為之摒息。

沒有不潔，完美的美麗容顏。比起剛才戴的面具，美了幾倍啊，好幾倍啊。

最適合龍神的附身。」

# 三十二　有名之章

犬王一躍成為大夫。

後來也繼承了比叡座的當家地位。身為演出策劃，一般也都認為犬王——比長兄更優秀。到了這裡，又過了四、五年。至此，友一的故事一口氣跳了十年，接著又經過了四、五年。在此友一故事銜接上友有的故事。

在此稍微補充說明。

犬王的美貌，是在詛咒全然淨化處重生的。受詛咒之子，犬王的醜怪，當時還集中殘留於何處？顏，臉。作為最後的獎賞，被去除了。群靈歡喜的聲音，合唱，伴隨著如果人耳能聽到的話，一定會感受到無比莊嚴的謠曲之下，被去除了。所有的不潔都被去除，從穢土被帶走，之後留下來的只有醜陋的對立樣貌。

即是美形。

終極的美貌。

從此窮究頂點，在猿樂界大活躍。

犬王如此，那麼，說到壇之浦友有。

已不是友一的友有。藝名最後附上一字的「一名」被剝奪了，被周知通告此人「已罷黜不用」。是誰，那麼說？是那時友一（友有）所屬的當道座，這個團體的領導者。

也就是——覺一檢校。

覺一檢校，整理了平家物語的正本。

覺一檢校，在那之前，將琵琶法師的各個團體統整起來。統整起來了。

在這本新編的《平家物語》中，覺一檢校說，未被收錄的故事應該悉數消滅——沒說也等於說了。

不過，友一在市井中極受歡迎。壇之浦大人，友一。加上友一演出了異數的平家，那裡有「這種平家」，也孕育出「那種平家」，友一陸續（彈著琵琶）解說犬王的新作系列，創造出充滿「那種『新平家』」的新曲，獨創的樂曲——也就是《犬王之卷》。

這種自成一格的做法當然不會被允許。

友一被當道座放逐了。

雖然話是這麼說，換個觀點，就是友一切割了團體。友一，不是被剝奪了友一之名，是他拋棄了那個名字。捨棄「一名」，成為友有。在當道座中友有（友一）已經有許多弟子跟隨，他率領著這群人離開了團體——脫離當道座。亦即分派，這是「切割組織」的意思。

於是組成了新的團體。

統御這個新組織團體的是友有。他率領的弟子，聞名於街坊中的，從名列前茅者數起，譬如秀有、譬如竹有、譬如宗有。

這些人當然，以前稱為秀一、竹一、宗一。不過一同將最後的「一」換成了「有」。採用了「有名」。

那麼，脫離當道座，師徒們全部改名的新琵琶法師之團體，其名為何？

魚座。

由壇之浦大人率領，壇之浦大人親自唱曲的魚之座。

在此壇之浦友有組織了魚座。

如果回到放逐方的觀點，雖是被當道座驅逐的人，卻挖角了組織裡的幾個、十幾個琵琶法師，變成偷偷拉人的狀況，哪可能輕易被饒過。不可能不盯著的。

這「徒弟的歸屬問題」，讓當道座和魚座產生了對立。

激烈的、激烈的藝能鬥爭，在檯面下醞釀著。不，分娩已經結束了。被誕生出來的抗爭，在這世上爬著。在這世上的——地表。

# 三十三　將軍之章

好了，接近終章了。

在這裡，我要試著重新講述。重新講述，試著說出來。在某處，有位將軍。

在某處，有位將軍。名為足利義滿。義滿為室町幕府之三代將軍。義滿在自己這一代，整備了室町幕府的體制。義滿之父親為二代將軍足利義詮，祖父為初代將軍足利尊氏。義滿父親義詮，病逝於三十八歲英年。因此，義滿才十歲便繼承政務。隔年除夕，成為大將軍。因為還是孩子，當然一開始有監護人。不過，義滿長大後就自立了。陸續討伐了各藩國中威脅足利將軍家的守護諸侯，有些雖未親自征討，但利用政治謀略削減其勢力。在這種功績之下，將南北朝合而為一。

將兩個分裂的朝廷，合而為一。

這才是義滿的豐功偉業。

兩個朝廷、兩個宮廷合一了，本來有兩位天皇，變成了一位。南朝的後龜山天皇將三種神器讓給了北朝的後小松天皇，在這樣的方式下二合為一。神器都齊了。這證明了北朝的天皇才是正統，也證明了受正統天皇任命的征夷大將軍之權威才是真的。

這一年，三代將軍義滿三十五歲。

而且，他其實掌握了天皇的實權。換言之，義滿才是統一天下的那個人。當然，在那之前，他對全國施加了壓力。施展了魄力和威嚇。像是他三十一歲時，往東國前進。前往駿河國。這趟旅行被謳歌為遊覽富士靈山，其實另有目的。也就是有內幕。義滿到富士山觀光，乃是為了要對鎌倉的管理者施加壓力。當時鎌倉的管理者是足利氏滿，乃義滿父親義銓之弟，足利基氏之子。是義滿堂弟，只比義滿小一歲。而回溯到十年前，氏滿曾經為了要奪取義滿之寶座——將軍的地位，幾乎舉兵相向。因此，有對其施加壓力的必要。因此，不得不前往東國。

還有，像是在三十二歲時，義滿這回到西國遊覽。前往安藝之國，參拜嚴島神社。不過，這也有內幕，義滿當然是要向西國的有力藩守們炫示自己的權威，「看吧，怎麼樣啊」。

你們敢背叛我這個將軍嗎？

話雖如此，內幕還是內幕。

也可以更深入探索表面的目的。為何義滿到富士山遊覽，為何前往嚴島神社參拜？某個人物，大約在兩百年前，想「遊覽富士山」卻不可得，而且，同一位人物，將嚴島神社導向當今之興盛地位。

那就是平清盛。

大約在兩百年前，統一天下的男人。

身為武家棟梁，首次，成為日本國霸者的男人。

雖是武者、武將，卻高昇至從一位太政大臣[1]官位之人。

不，根據《古事談》等記錄，決定奉侍嚴島神社的清盛，在參拜時得到巫女神諭，「總有一天會昇進至從一位太政大臣」——起點在此。這時，清盛大約三十一、二歲。

也就是說，思及清盛，義滿三十一歲時下東國，隔年下西國。接著在三十五歲，實現了南北朝的統一，在三十七歲時辭去將軍。這是應永元年十二月十七日之事。將軍一職，交由義滿之子，義持繼承。僅僅九歲。因此實權——政務的處理，並未讓出來。同月二十五日，義滿高昇為從一位太政大臣。

換言之，義滿，意圖成為今之清盛。

於是，他成為了今之清盛，亦可說，他超越了清盛。

譬如主導文化發展的這一點。他期待「花、花、花」的文化盛開，想讓都城開滿燦爛華美的文化。朝廷從兩處減至一處，或說是統合為一，天皇由兩人減至一人，三種神器齊備後，此後的時代開始認為「京都即是花之都城」，這是因為足利義滿的力量，或說是其手段，又或是他的興趣。

不過，那麼。

此處有一將軍。或者說，應永元年的年底開始，有一前將軍。在京都。此人物經常心心念念平清盛，期待成就所願。

他要準備好大約與兩百年前的平家——那個武家的——棟梁，擁有相等力量、相等地位，而且是永世不滅的武家政權。為此，他必須掌握坊間流傳的平家物語。是的，有必要徹底占有《平家物語》。

因此，無法據為所有的《平家物語》必須消滅。

「畢竟，平清盛就是我——因為是我啊，」足利義滿說道：「可不能讓人隨便。」

好了，京都有兩位藝能者。魚座的友有與比叡座的犬王。

終章已近。

1從一位太政大臣：「從一位」爲日本品秩與神階的一種，位於最高階「正一位」之下、第三高階「正二位」之上，由天皇親自授予。歷史名人如平清盛、足利尊氏、豐臣秀吉、德川家康、大久保利通等，都曾被授予過從一位。「太政大臣」則爲日本律令制的最高官位，意同宰相。

# 三十四　天女之章

魚座的人講的故事，就是犬王的故事。

是的，不只友有講述《犬王之卷》，具備有字輩之名、被譽為「壇之浦大人之弟子輩名人」的秀、竹、宗等，幾乎都能完美地演奏犬王的故事。所以，秀有在下京[1]演奏《犬王之卷》；竹有在南都[2]演奏《犬王之卷》；宗有出了畿外，將《犬王之卷》弘揚至尾張、三河、遠江[3]，然後傳播到鎌倉。當然魚座領袖友有本人，被邀請到上京各處表演，受到了公卿家和新起的武家之青睞。而其高徒們——

例如前面說到的秀、竹、宗，以及比他們地位低的徒弟，也得到友有口授的《犬王之卷》，當然也（巧妙或拙劣還在其次）能講述犬王的故事。

二十人、三十人、不，更多。魚座達到了——七、八十人。

有那麼多的人，而且是盲者，謳歌著犬王的生平故事。

是的，現在，犬王已經達到被謳歌頌讚的境界了。

宛如敘事詩。並且是一大群人的集體講述。魚座的眾多表演者，如此講述——像是大合唱般。

「被看到了真實面貌。」友有的聲音說道，友有口傳親授的琵琶法師們之聲從四處發出，在此人世間發聲。「被看到了真實面貌，犬王真正的容貌被知道了，那樣的美啊！風聲馬上傳了出去。『喔喔，一直、一直祕而不宣，那張臉，世上少有呀。凡人難以企及的精彩，過於耀眼，為了抑災止禍，平常都用面具遮住，定是如此。那麼極致的美顏，凡人若直視，必定眼前一黑！光在舞台看上一眼的程度，還不至於太嚴重，若非如此，一定從鼻子咻咻咻地噴出血來！身體出血的程度和眺望他的時間成正比，最後連命都會被吸走！喔喔、喔喔，那麼美！喔喔、喔喔，然而、然而——』傳言如此說道。都城民眾異口同聲：『還想看！』連一次也沒看過的人們也都這麼說：『啊啊，下次一定要看到！』

當然，世間有上下之分。

那樣說的是凡人們，是下等人。屬於貴賤之分裡的賤。

而說到上等人，他們即使凝視著美，也不至於盲目。貴賤之貴，高貴的人們是這等人。

那麼，期待『想一直看著，想看喔』的人，當然一定存在。

首先，那種達官顯貴臨席比叡座的演出是有的。而且有好多、好多場。當然，站在舞台上的犬王，總不會一直演出不戴面具的無面劇主角，也不一定會演出以無面為重點的戲碼——像是那齣《龍中將》。不過，比叡座的棟梁犬王，向現身看戲的貴人們致意時，當然會拿下面具。犬王即使不戴面具也能通行無阻了，現在，在當今之世。只要以這樣美貌的素顏一致意，臨席的貴人——貴賤階級中的貴，上下之別裡的上——就會大為滿足。大為、大為歡喜。

喔喔，犬王、犬王！

比叡座的大夫，不管戴上面具或摘下面具，都是逢時的盛開之花，犬王！

而說到盛開的榮華，當然要數足利將軍大人，我們一般說的室町大人。為政者之首室町大人，竟然將現身觀賞演出。這種將軍高覽的猿樂演出，雖然，並非最初，不是史上第一回，有前例。不是近江猿樂的某作。是大和猿樂的那個，觀世座。這裡的大夫觀阿彌，才華出眾過人，深獲室町大人喜愛，在當代，受盡其愛寵眷顧。這位觀阿彌開拓的道路，犬王也往此路前行。快速前行。

很快地，受室町大人庇護的藝能團體之中，猿樂中以比叡座為首。其次為觀世座。

『猿樂之能』的表演者中，最能展現出藝道絕頂之妙的是觀阿彌，然而，犬王的技藝之美，無人能敵。

因此，室町大人捧場的寵兒是犬王。

陪侍的稚兒[4]另當別論，觀阿彌現在才十幾歲的嫡長子，正是集室町大人的寵愛於一身的稚兒，不過，他最捧場的演員，是犬王。

犬王！

室町大人有一次對犬王說：『平家的故事，不要再放到演出的節目裡了。』

這是命令。

他吩咐：『犬王啊。你的平家故事，好像過於脫俗了。不要再演了，收起來了。』

『可以吧？』再次提醒。

之後犬王怎麼做呢？

犬王，把父親那一代開始的當紅技藝——由平家物語中收集題材的那些戲碼，全部束之高閣，產出新的表演與比叡座的新風格和新曲。他觀察觀世座、模仿觀阿彌，將流行歌謠的曲舞納入『猿樂之能』，大膽地革新了比叡座的藝術風格。犬王，經常戴上女性的面具。作為主角，創造了戲中有女性出現的作品。畢竟，美麗的面具之下，有著美麗的容顏，不摘下面具也美。他窮究了女體的演技。將肉體的魅力——其中，不管看著身體任何地方都沒有扭曲與缺陷——往前，再往前推進。這麼一來，他發現了所追求的舞踏，世間稱為天女之舞。被稱讚了。喔喔，其幽玄。

幽玄啊，犬王。」

可是，作為交換的代價，犬王捨棄了平家。

不得不捨棄。

如此——《犬王之卷》也成絕響。在此處，輕易地。

1下京：在平安時代末期，京都的南側開始被稱爲「下邊」，而後逐漸被改稱爲「下京」，過去下京主要爲商業街區。

2南都：平安時代以降，舊都奈良被稱爲南都，因其相對於位在北方的平安京（京都）。

3尾張、三河、遠江：皆爲日本古代的令制國之一，屬東海道。尾張亦稱「尾州」，約爲現今愛知縣西部。三河又稱「三州」（或參州），約爲現今愛知縣東部。遠江又稱「遠州」，約爲現今靜岡縣西部。

4稚兒：本爲幼兒之意。平安時期在天台宗及眞言宗等大佛寺中，十二到十八歲不剃髮的少年修行僧也被稱爲稚兒，後亦轉爲男色的對象。

# 三十五　墓之章

此章為終章。

因此，我如此開講。在某處，曾有友有其人。

說到在某處，其實有兩處，在兩處，友有依序迎接了人生的終章。兩處，皆為御前。也就是至尊至貴的人們面前。兩者都為武家政權之首，征夷大將軍。不過，在兩個場所，兩位將軍有決定性的不同。現身於第一個御前——之處，此將軍是活著的。現身於第二個御前——之處，彼將軍已經死亡。說起何時死亡，乃前一位將軍誕生於世的百日之前。

生將軍，為死將軍之孫。

生將軍為足利義滿。

死將軍為足利尊氏。

義滿有其御所，尊氏有其墓所，位於京都。友有前往了兩處御前。那最初的御前場所，乃是友有受召前去。在這個時代，人們都稱呼義滿為室町大人。這個名字的由來，在於義滿上京時營造的宅邸。這棟宅邸的規模為東西一町[1]、南北二町，正門面對室町小路。所以宅邸稱為室町殿，御殿之名就順勢成為義滿這位足利將軍的通稱。這棟宅邸，庭園裡移植了眾多諸國名花，亦被世間稱為花之御所，也被稱為花亭。

身為魚座的最高負責人，友有前往御所參見。

因為義滿說了，「把壇之浦大人叫到這裡來」，他被召見了。

在庭園等待，等待義滿的召見。

雖然友有在花之御所那有名的庭園等待，但盲眼的他一朵花都沒看到。

一朵都沒看到。

接連地，他被如此告知。

從義滿的御座，轉達了以下的旨意。

「犬王的故事，今後，全部不能演奏。」

「我命令了比叡座，不要再演出平家的故事，不要再披露那些被封藏的內容的曲子，你們那個團體的琵琶法師也不能演奏了。你也不可演奏。」

「畢竟犬王是我寵愛的對象，不能流出那些怪異的奇譚故事。」

「而且，我這裡的御所，一直有當道座的高位者伺候。當道座中有平家的故事——《平家物語》的正本，在前幾天，已經獻給我了。所以，其他的平家故事，都不需要了。」

有了規定。不——是禁令。

還加上了，一句話。

「你雖然有那個魚座，可是我決定今後世間承認的琵琶表演團體，只有當道座。所以你們解散吧。」

在藝能鬥爭中，友有敗下陣來。

輕易地，敗北了。魚座的最高責任者。

弟子們十人、二十人，不，六十人、七十人，不，九十人到百人，都離開了。幾乎都從屬於當道座的門下，重新回到當道座。

作為懲罰，有人被削掉了單邊的耳廓。

「因為曾經離開當道座哪」，作為懲戒，也有兩耳都被削掉的人。

分裂團體而離開的首謀，沒有地方可以回去。

能前往的地方，只有一個。

那是第二個御前。在足利義滿的花之御所之後，未受召見的謁見，前往足利尊氏的墓所。開創室町幕府的武將之菩提寺。

友有拉攏了寺院打雜者。

友有請他們開了門，拔了門閂。

進入了境內，請他們帶領自己到墓前。

接著把人請走。

之後怎麼了呢？友有，為了調音，吹了簫。調了琵琶弦。接下來，違背了將軍——室町大人的命令。友有，開始講述。開始彈奏琵琶。彈了《犬王之卷》。彈了被嚴正命令「從今以後，絕對不准演奏」的《犬王之卷》。友有知道是誰下的手。是誰，尋覓淪落的平家後人；是誰，將手伸進了夢裡，結果，從我的雙眼中奪走了光明。有人，派了隱密的探子到各國的平家谷，利用藝能者琵琶法師，收集了各式各樣的故事，還去探尋《龍畜經》與其派生的靈夢之事，而最後，終於派人到壇之浦了。雇了我阿爸和我。喔喔、喔喔，我當然是，因為知道犬王產出的《龍中將》內情，所以知道了這些事、其中經緯等等，當然，是隱隱約約地察覺了。喔喔、喔喔、喔喔，也從群靈的聲音中知道了——透過犬王之口——受他們的智慧所引導。

喔喔！

友有唱起了《犬王之卷》。

友有獻上了禁曲。獻給了初代的足利將軍，獻給了墓所。

然而，《犬王之卷》，很長、很長。由多個章節段落所構成，一個時辰終究唱不完。唱了兩個時辰也無法結束。本來這曲子是需要兩、三晚的時間。友有唱著、嘶啞著聲音、低吼著、淚流著、持續彈著琵琶，這麼一來，被拉攏的寺中打雜者也無法再幫忙掩蓋「有人在（前前代征夷大將軍的）墓前喧鬧」一事。人來了。騎馬的武者們來了。當代將軍——足利義滿——底下的人來了。是活著的將軍‧‧‧‧

那邊派人來了。

於是有了處罰。

友有得到了處罰。

被拉走了，最後，友有在賀茂的河岸被斬。被斬之前、從第二個御前被拉走之前、琵琶弦斷之前，他如此叫喊。友有如此叫喊。對著初代將軍──足利尊氏。

「吾，並非一般的卑賤者──非也！」

接著。

「吾之名號為五百友魚。五百的──友魚！」

友有自稱友魚。

自報家門。

1町：長度或面積之單位。日本古代土地劃分的条里制中「六尺爲一步，六十步爲一町」。

# 三十六　故事之章

然而終章也有續篇。

所有的故事，有些存在著續篇，有些存在著異聞，這裡也有。存在於虛幻的彼岸。

畢竟世界上曾有犬王其人。在這日本國的歷史上，實際存在過。身為猿樂界的首席，得到足利義滿的眷顧，他感謝打開了出世之道的觀世座初代大夫觀阿彌，亦與子承父藝的觀阿彌之子世阿彌交過手，然而犬王君臨頂點，二、三十年，不只，四十年，犬王持續稱霸舞台——直到現在。到了應永十五年，犬王負責後小松天皇的天覽猿樂——天覽能的大舞台。

五年後，犬王歿。

這是應永二十年五月九日的事。也寫在《常樂記》裡。

記載於歷史中。

更甚者，《常樂記》和《滿齊准后日記》中，記載了犬王臨死之際，紫雲生起。記錄了這樣的神奇景象。

然而，也有歷史未記載之事。

犬王，在乘紫雲而來之阿彌陀佛現身時——伴著各菩薩，也隨之奏起樂音，他說了「稍待」。

往生前，他說：「稍待。」

「我欲訪尊氏大人之墓。」他如此請求。犬王一邊死著，一邊向阿彌陀佛請求：「在那裡，他在那裡啊。無法成佛，還待在那裡。他，失明的友有。不，友一。不，友魚。也就是，我的朋友。因此，我，犬王，一定要幫他解除加諸身上的詛咒束縛。哪，我哪，不，我們兩人合力，解除彼此身上的咒術。在最後，我會對他這麼說：『來吧，你看，是光啊。』」

本書為全新創作

## 古川日出男（Furukawa Hideo）

一九六六年生於日本福島縣。一九九八年以《十三》出道成為作家。擅長使用後設的翻案手法創作，受賈西亞・馬奎斯魔幻寫實作風影響，亦深愛村上春樹。二〇〇二年以《阿拉比亞的夜之種族》獲日本推理作家協會獎及日本ＳＦ大獎。此作於二〇〇七年受《月刊PLAYBOY》選為近十年最佳推理作品第一名。二〇〇六年以《LOVE》得到三島由紀夫獎。可稱為古川版「源氏物語」之《女性三百人的背叛之書》，以紫式部的怨靈重新講述宇治十帖的故事，二〇一五年獲野間文藝新人獎，二〇一六年獲讀賣文學獎（小說獎）。

二〇一六年翻譯《平家物語》全本（「池澤夏樹=個人編輯　日本文學全集」系列第六卷），掀起了巨大話題。另著有《貝魯加，不會叫嗎？》、《聖家族》、《南無rock and roll二十一章經》、《試試陪冬眠的熊睡覺》、《或者是修羅之十億年》等作品。

譯者後記

# 翻譯碰到鬼：從《平家物語》到《犬王之卷》的古川日出男

高彩雯

《平家物語　犬王之卷》（以下簡稱《犬王之卷》）作者古川日出男是《平家物語》的最新譯者。在二十世紀以來，許多日本作家，如中山義秀、尾崎士郎、吉村昭等人，先後嘗試將這部十三世紀成書的龐大「軍紀物語」（戰爭故事）翻譯成現代文，臺灣亦有鄭清茂先生譯作。

顧名思義，《平家物語》說的是平家一門的故事。平家本為皇族後裔，是桓武天皇之孫高望王的後代，賜「平姓」為武士家族。平安時代末期，院政的紛亂引發了皇權危機，京都戰爭紛起，各地也亂事頻仍，說是「末法衰世」並不過分。平家物語主角平清盛，在平治與治承之亂後，抓緊了實權，卻驕奢使氣，種下敗因。唯一能勸誡他的兒子——平家棟梁平重盛死去後，平家在木曾義仲進京和源賴朝率領的關東武士的壓力下，節節往西敗退……

「翻譯者」古川日出男提到他翻譯《平家物語》，共譯出一千八百張稿紙，寫壞兩支鋼筆。翻譯到壇之浦大戰的當天，他肋骨痛到起不了床，譯完全書後的某天，膝蓋又像是被弓箭貫穿般疼痛。他說「我知道這是《平家物語》在作祟」，書中「至少有一千個出場人物」，他們曾經真實活過，又在戰場上被殺死，「其中必然有誰膝蓋中了箭」，譯者只能硬生生地「以身體承接詛咒」。

在譯稿完成半年後，虛構小說《犬王之卷》問世。但古川並不是「翻完」古文《平家物語》才回頭「創作」，他在現實和虛構間不斷往復，從戰爭史詩中產出自己的小說，用個人的方式試圖淨化鎮魂。他強調《犬王之卷》「雖是平家物語外傳，但完全是我的原創作品」。而身為福島人，古川日出男也在翻譯《平家物語》時，再次確定了大災難的時代，創作者不得不面對的「鎮魂」課題。

《犬王之卷》講述了友情的故事，描寫主角琵琶法師壇之浦友魚與一代能樂明星犬王的相遇、兩人的成長和互相救贖的過程。故事背景設定於室町時代，從中能看到那個時代「說故事」的樣貌。小說《犬王之卷》充滿了與《平家物語》的互文和暗用，是創作上的「奪胎換骨」，將說故事的技藝精煉到極致的古川，重新解釋了《平家物語》在歷史上統一版本（覺一本）的出現，把故事升華到權力與話語控制的向度，非常精彩。

「本篇《平家物語》／續篇《犬王之卷》」、「譯本／異本」、「作者／譯者」、「歷史人物犬王／虛構角色友魚」、「上位的統治者／下位的藝能者」、「貴／賤」、「美／醜」、「清淨／污穢」、「兩天皇」、「紫雲來迎傳說的兩人」……各種雙人舞般的對位設計，讓人看得非常過癮。而作者古川也提到一種看法，《犬王之卷》可以讀成他的「私小說」，關於那些身處卑賤地位的人，是如何淨化與創造出自己。

可算多產作家的古川日出男，得過日本SF大獎、三島由紀夫獎、讀賣文學小說獎等，可惜因作品未翻譯為中文，在臺灣少有人知。他的一部分作品可歸類為廣義的「後設小說」（元小說），正是用翻案改編的手法重寫經典的作法。譬如以女性視角叩問《源氏物語》的《三百女人的背叛之書》，發揮了他身為後設小說家的絕招。他的敘事語調輕快饒舌，但前後設計周全，一絲不苟。「日本文學全集」的譯本大系主持人池澤夏樹，形容古川翻譯的《平家物語》「藉由重覆短句、增加改行、使用倒置及巧妙利用句讀的方式，再現了平曲的聲響技法」。從《犬王之卷》也可以看到，他在書寫時同樣使用了這種技巧，再現說唱的聲腔，成為本書的一大特色。

參考資料：
古川日出男等：《作家と楽しむ古典　平家物語　能・狂言　說経節　義経千本桜》（東京：河出書房新社，2018）。
古川日出男譯：《平家物語》（東京：河出書房新社，2016）。
兵藤裕己：《王権と物語》（東京：岩波書店，2010）。

R 100

# 平家物語　犬王之卷

作　者　古川日出男

封面彩頁插畫　松本大洋（彩頁出自動畫《犬王》人物設定）
原　書　裝　幀　佐々木曉
譯　　　者　高彩雯

第二編輯室
總　編　輯　林怡君
責任編輯　楊先妤
特約編輯　王筱玲
美術設計　何萍萍、楊皓鈞

出版：大塊文化出版股份有限公司
105022 台北市南京東路四段 25 號 11 樓
www.locuspublishing.com
Tel: (02)8712-3898　Fax:(02)8712-3897
讀者服務專線：0800-006689
service@locuspublishing.com

台灣地區總經銷：大和書報圖書股份有限公司
248020 新北市新莊區五工五路 2 號
Tel: (02)8990-2588　Fax: (02)2290-1658

法律顧問：董安丹律師、顧慕堯律師

ISBN：978-626-7118-35-1
初版一刷：二〇二二年六月　定價：新台幣三八〇元



平家物語．犬王之卷 / 古川日出男作；高彩雯譯．--
初版．-- 臺北市：大塊文化出版股份有限公司，
2022.06
　面；　13.8 x 19.6 公分
譯自：平家物語　犬王の巻
ISBN 978-626-7118-35-1（精裝）

861.57　　　111005542

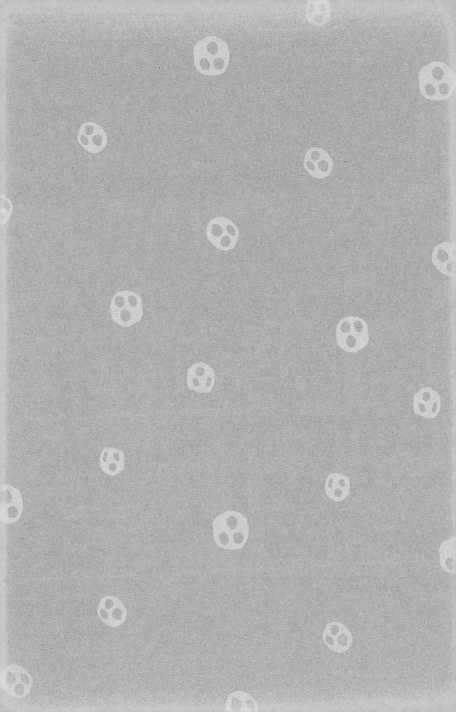